U0028154

夜不語
詭秘檔案

夜不語
詭秘檔案

夜不語
詭秘檔案

夜不語
詭秘檔案

夜不語

# 詭秘檔案101

Dark Fantasy File

# 碟仙

夜不語 著 Kanariya 繪

# CONTENTS

009 楔子
013 第一章 在水邊
023 第二章 嬰啼
028 第三章 傳說
033 第四章 怪洞
042 第五章 鬼上身？
048 第六章 第三十六條校規
054 第七章 四個女孩
062 第八章 嬰屍

076 第九章　墳墓
089 第十章　迷惑
099 第十一章　另一個方法
111 第十二章　洞穴
122 第十三章　距離
136 第十四章　怪女
145 尾聲
166 短篇．鬼情人
200 尾聲
202 後記

知道一種叫做「碟仙」的恐怖遊戲嗎？你玩過，對吧？有沒有人告訴過你，其實有些看似遊戲的東西，其實是一種儀式？那種遊戲，根本就不是給人類玩耍的。

碟仙，請來了，就一定要送回去。有始有終的哲理，並非在人類社會才有效果。如果送不回去，那就看看這本書吧。

書中不會教你救自己的辦法，但是，卻會告訴你結果。

# 楔子

夜色很深了，學校的人門緊閉，值夜的老頭也昏昏欲睡。滂沱的雨不停的落在操場上，可在這樣不祥的天氣裡，卻有一陣輕微的話語聲從某個教室的門縫裡傳了出來。

「碟仙，碟仙，快從深夜的彼岸來到我身邊……碟仙，碟仙，快從寒冷的地底起來，穿過黑暗，越過河川……」

黑暗的教室裡，有四個女孩子圍在一張桌子前端坐著。其中有兩個女孩面對面的，將手指輕輕按在一個像是裝燈油的碟子上，她們的嘴唇慢慢張合，不斷輕唸出一段類似咒語的話。

不知過了多久，碟子毫無預兆的緩緩動起來。

其中一個女孩興奮的叫嚷：「快問它問題。對了，我們要先問什麼？」

「就問這次的期末考好了，我們四個會不會及格？」一個短頭髮的女孩眨巴著大眼睛說道。

那兩個手指按著碟子的女生閉上眼睛，又默默唸了一會兒邀請碟仙的咒語。

平鋪在桌上的八卦圖文紙上，碟子疲倦的緩慢移動起來，最後，在「是」字上停住了。

四個女孩頓時欣喜若狂的歡呼起來。

「接下來問什麼？」有一個女孩緊張的問。

「問妳未來的老公是誰好了。」她對面的女孩嘻笑道：「嘻嘻，看他是不是我們班的帥哥王永。」

那女孩頓時滿臉紅暈，狠狠瞪了她一眼：「再說我就不理妳們了。」

其餘的女孩哄然笑得更大聲了。

那兩個按著碟子的女孩更是一邊笑一邊念著：「碟仙，碟仙，我們許美女未來的老公是誰？」

許姓女孩的臉更紅了，恨恨的就要去拉那兩個女孩的手臂。但是就在她的手剛伸出去時，突然整個人驚訝的呆住。

碟子移動，猛地停在了一個字上。那個字，居然是「無」。

沉默。四個女孩互相對視著，許久才有個女孩開口：「它是不是想要告訴我們，許許的老公姓吳？」

「不對，圖文紙上有吳字，不需要用諧音字。」另一個女孩聲音顫抖的說。

「我……我不要玩了，好恐怖。我們把它請回去吧。」許許害怕的低聲道。其餘的三個女孩頓時表示同意。

「碟仙，碟仙，請回去。」按著碟子的兩個女生，用緊張得有些乾澀的聲音說道。

這時，碟子竟然又動了起來。這次是真正的動，瘋快的帶著這兩個女孩的手指，在八卦圖文紙上游移。

「碟仙，碟仙，快回去。」那兩個女孩的聲音夾雜著強烈的恐懼，但是碟子只是一個勁的移動著，瘋狂的移動著。

「死……了……」許許兩眼發直的看著八卦圖文紙，像發現什麼似的突然叫起來：「妳們看，那個碟子一直都在『死了』這兩個字之間移動，會不會，會不會……」她害怕得不敢再說下去。

她對面的短髮女生，當機立斷的對那兩個恐慌得幾欲暈倒的女孩道：「秀秀，文文，快放開碟子，我們立刻走。」

「我們放不開。」那兩個女生幾乎要哭出聲來：「手指，手指好像被黏住了。」

「不可能！」短髮女生抓住她們的手臂用力向上拔，想要將她倆的手指和碟子分離開，但卻沒有任何效果。兩人的手指彷彿被千斤重量壓住，她完全拔不動。

這樣的狀況，實在詭異極了。

那女孩嚇得往後退了一大步。

「芸芸，不要走！不要拋下我們！」那兩個女孩用帶著哭腔的聲音哀求著。

「文文，秀秀，我不會拋下妳們。放心，我會救妳們的。」芸芸從衣兜裡緩緩掏出一把削鉛筆的小刀，雙手顫抖的說道：「不要怕，只會有一點點痛，不過一切都會好起來的。我會救妳們……」

黑暗的教室，深夜十一點。空蕩蕩的教學樓裡，傳來的最後一個聲音竟然是兩個女孩的慘叫聲。

# 第一章 在水邊

這是一個疲倦的世界。這個大地上的人們有著強大的探索欲望，他們不知疲倦的為未知的東西命名、歸類。然後又將那些永遠無法解釋的東西，賜予了一個奇怪的名詞——鬼。

但是鬼真的存在嗎？抑或它只是神奇的大自然產生的錯誤而已？

我是夜不語，一個常常遇到詭異事件的男孩。我出生在月輝年的六月，很久以前便已改嫁的老媽常喋喋不休的對我說：「你剛生下來哇哇大哭的時候，家後邊的那條河便漲起大水，低窪處的鄰居家屁事都沒有，偏偏洪水就淹沒了自己家，這事情怪得很。」

而根據奶奶回憶，我剛被抱回家的時候，一個雲遊的道人來到家中，指著我說：「這個小傢伙的一生註定不尋常！」家裡人很高興，但聽那道人又說：「這不尋常並非好事，他再大一點，應該會看到許多不想看到的東西，而且……」

道人欲言又止，終究沒將後半段話說完，便嘆口氣，匆匆離開了。

看到不想看到的東西？

現在想來，或許他在說我有陰陽眼吧，但事情似乎又不盡然如此。事實證明，我的靈感甚至比一般人還要弱許多。

總之從那時起，奶奶便燒香拜佛，在家裡供神以求我平安。但這卻依然不能阻擋我該要到來的命運……

可以說，這一生我的的確確遇到過許多不可思議的東西，突然有一天想將它們統統記錄下來，用來博君一笑也好，用以讓有相同命運的朋友們作為借鑑也罷，也算是對這種無奈的命運又一次自嘲式的反抗吧。

不過，在講述這個故事前，請允許我再發一小會兒的牢騷，回想一切到底是怎麼開始的……

對了，那是在小學畢業後，老爸為了我的前途，將我送進一所出名中學的貴族班。順帶提一下，當時我老爸早已脫離了多年前的貧窮局面，成了當地極有名氣的企業家、房產家。也因為口袋裡有了幾個錢，就把我老媽給甩了，娶了一個小他十多歲的漂亮女人。

現在想來，我的性格從極度的頑皮變得沉默冷靜，就是受了那個打擊吧！

說實話，那時我真的有些討厭變得傲氣十足的老爸，覺得他就是個俗氣的暴發戶。跟其他暴發戶不同的地方，只不過是肚子裡多了些墨水吧。所以一聽滿臉嚴肅的老爸講到如果讀了貴族學校，就必須住校這一恐怖問題時，我想也不想就欣然答應了！

他愣了愣，滿臉的不高興，想來是他本以為我會捨不得離開他。

就這樣，我跨入了另外一個世界，一個全都是有錢人構成的、也是一個我生平最不齒的世界——可以說，那是一個充滿流氓胚子的地獄，有錢的人們在裡邊努力的嬌蠻任性。

在這個與我格格不入的世界裡，我唯一的感覺就是每個人都很難相處，都有令人極度厭惡的性格。

因為我不太看得起這些人互相攀比，便總是離他們遠遠的，不太合群。也因為自己過慣了簡樸生活，打破了班裡公認的奢華規則，那些自以為高貴的人們，便肆意的在我身上要起流氓性子。

那麼，牢騷完畢吧。

總之，我常常被修理得很慘，直到有個週末，老爸派他的司機到學校來接我回家。在眾目睽睽下，我慢條斯理的跨上高級轎車，班上所有人都驚奇的張大了眼睛。

我笑了。這一次我感受到錢的震撼力。

此後，那些小流氓便將對我的滿腔憤怒，轉化為恭維的滔滔長江之水，綿綿不絕。

就這樣相安無事的到了國三，雖然每個人都對我和顏悅色，但我還是喜歡一個人待著，並不認為那些常在我四周大唱頌歌的人值得深交。

但是，這樣的生活畢竟還是平靜的。直到那一天，班裡的張聞對我叫道：「喂，小夜，今天晚上要不要來點刺激的？」

「你們又想幹什麼好事？」張聞這個搞怪大王，總是有滿腦袋的鬼主意。

他湊過來神秘的說：「碟仙，你聽說過沒有？」

我吃了一驚，「你們想請那種玩意兒！聽說如果不能把它送回去，就會發生很可怕的事。」

張聞滿不在乎的擺擺手，像個派頭十足的專家：「送不回去的機率太小了。而且人們不是叫它仙嗎？這就說明了它也不是老要害人。」

我皺了皺眉頭：「這種玄乎其玄的東西，我看還是少碰為妙。而且學校的校規裡，不是明文禁止學生玩這種玩意兒嗎？」

說起來，學校會將碟仙的禁止令寫進校規中，還真是有些標新立異，有些令人摸不著頭腦。

他笑嘻嘻地說道：「那你要怎麼應付這次的數學突擊考？聽說只要請來了碟仙，你就可以問它任何問題。嘿嘿，不是我說你，雖然你的數學成績比我們幾個要好上一些，但離及格還是有一段距離吧。」

確實，一直以來我的數學成績都不怎麼好。不過也差不到跑去求神拜佛，何況碟仙，一聽這個名詞就讓人有些毛骨悚然。

「我不參加。」我毫不猶豫的搖頭。

「真的？」

懶得再理會他的我轉身就走。

但身後依然傳來張聞的喊叫聲：「今天晚上十二點，我、你、狗熊、鴨子和雪盈五個人在教室。一定要來喲！」

媽的！那傢伙還真是個不管別人想法的怪胎。

那一天晚上，我終究還是去了。至於為什麼會去，就連自己也搞不清楚。或許，在內心的深處，我對這些神神怪怪的東西還是很感興趣吧！

□

凌晨十二點。

夜色籠罩著整個校園。

常聽人說，這所中學是在一座亂葬崗上建起的，一到晚上，那些有怨氣的鬼魂們便會出來，在校園內四處游蕩。

我當然不會相信這種鬼話，但看到沉潛在黑暗中，孤零零的教學樓時，還是感覺到從脊背上冒出的陣陣涼意。果然，校園之所以會有許多的恐怖傳說，還是和環境以及它白天與黑夜熱鬧程度的強烈反差有關。

在來的路上，我遇到了班花雪盈。成績並不是很差的她也會跑來湊熱鬧，我很意外。

「真的要請，請它？」雪盈怯生生的拉拉我的衣角問。

「這不是你們計畫的嗎？我只是臨時工，什麼都不知道便被你們拉來了。」我冷冰冰的答道。

「安靜一點，鬧到校警就完了。」鴨子噓了一聲，輕輕打開教室的門。我們五個走了進去。

我拉了一張椅子坐下，冷眼看著那四個人緊張的併攏桌子，點燃蠟燭，鋪開八卦圖文紙，最後拿出了一個像是祭灶王爺的油燈碟子。簡陋的設備，只不過碟仙這種遊戲，就因為簡陋才得以盛行的吧。

「誰先來？」狗熊拿著碟子問，這傢伙是班級一霸，龐大的體型足以讓許多人心生畏懼。

五人一陣沉默。

沉默了半晌，鴨子道：「我看，這裡邊最，嗯，那個最理性的要算小夜了。就讓他和雪盈打頭陣。這種美女和帥哥的組合一定可以一次成功。我這提議怎麼樣？」

鴨子是狗熊的小嘍囉、跟班和狗腿。一個膽小怕事的傢伙。

我哼了一聲，「我早就說過，自己到這裡來只是湊熱鬧，絕對不會傻到參與。而且張聞不是信誓旦旦，神氣十足的說誰要跟他搶，他就跟誰過不去嗎？」我看了張聞一眼：「喂，你那種壯士一去不復返的豪情都逃到哪去了？」

「誰，誰逃呀！」他結結巴巴的說：「去就去，就一條命嘛。大不了二十年後又是一條好漢。」說完還真坐到了桌子前邊。

狗熊說：「那我就第二個吧。如果我們兩個請不來，根據規則，就換一個人再請，直到沒有人了為止。這樣好不好？」他見沒人有異議，便道：「就這樣決定了，我們開始吧。」

坐到桌子前的張聞和狗熊還是有些緊張，畢竟碟仙的傳說，帶著許多的神秘感。人總是對有神秘感的東西既好奇又畏懼。

「碟仙，碟仙，快從深夜的彼岸來到我身邊。碟仙，碟仙，快從寒冷的地底起來，穿過黑暗，越過河川……」他們兩人各用食指按著碟子的一端，輕輕唸起咒語。

三分鐘過去了，碟子紋風不動。又過了三分鐘，依然沒有任何事情發生。

張聞長長的吁了一口氣：「換手，換手。」他輕快的跳起身，左手在鴨子的右掌上一拍。

「我可不可以不玩？」這隻膽小的鴨子話還沒說完，狗熊的目光已經逼視了過來。他用力的縮緊腦袋。

「好吧，好吧。玩就玩。幹嘛瞪我！」他戰戰兢兢的坐下，小心翼翼的把食指放到碟子上，那小心的程度就如同碟子有生命，稍一用力就會咬他一口似的。

唸咒聲再次響起，不過這次也沒有任何事發生。

「那麼該雪盈了。」狗熊站起來說。

「不公平，小夜又不參加。我看我還是退出好了。這遊戲怪可怕的！」雪盈叫道。這個班花平時傲氣十足，似乎誰也不看在眼裡，但現在卻怕得淨往我的背後躲。

狗熊說：「那，小夜就排最後一個好了。」

「我不玩。」我依然搖頭。

「只是一場試膽遊戲，何必那麼認真嘛。」

「沒興趣。」我重複道。現在想來，以我那麼重的好奇心，居然會一再拒絕如此有誘惑力的遊戲，還真是詭異。或許冥冥之中的第六感，在當時已經預知到了某些不祥的事物即將發生。

「小夜，那你就用手碰一碰碟子，這樣我們也算你玩過了。」狗熊的語氣強硬，隱隱帶著威脅，「你總不希望明天全校的人都知道，夜不語其實是個膽小鬼吧？」

「小夜！」雪盈哀求的望了我一眼。

唉，本人這輩子什麼也不在乎，但就是不善拒絕漂亮女孩的請求，雖然我對雪盈，並沒有太多好感。

「那我可只碰一下。」我嘆口氣，伸出了食指。

本來只想輕輕碰觸一下就算了事，但令人驚訝的事，在我倆想將手指收回來時發生了……

是碟子！它動了！

那一刻，教室中的五人如同石化般望著那個移動著的碟子。

這種無聲無息的移動，帶著我和雪盈的手漫遊整張八卦圖文紙，似乎在尋找些什麼。

我很快便清醒過來。想抬起食指，卻發現碟子與手指之間不知何時突生出一種強大的吸力，將手指牢牢黏住。我心有不甘的拚命抵抗，好不容易才將手指拉了回來。

但雪盈卻沒有那麼幸運，她的手指還黏在碟子上。

「快將那東西放開！」我大聲吼著，詭異的狀況讓自己的內心很混亂。

「我，我放不開它！」雪盈恐懼的喊著，嚇得「哇」一聲哭了出來。

「這怎麼可能？」我立刻撲上去將她的手用力往後拉，並衝嚇得一動也不動的三個「男子漢」怒喝道：「還發什麼呆，快來幫忙！」

這一喝，倒是把他們叫醒了，但哪想到這些自稱膽大的傢伙居然發出「鬼呀」的尖叫，接著前仆後繼的往外跑去，居然一眼都沒有回頭看被困住的雪盈。

我大叫他們沒義氣，氣極之下，用力一拉，嘿，竟然拉開了。

按理說，用那麼大的力氣，早已應該把碟子提離了桌子才對，但那碟子脫離了手指時，非但沒有被提起來分毫，還絲毫不管世界上任何一種有關力學的定理，依舊在紙上瘋狂的移動著。

雪盈和我不敢再瞧下去，忙不迭的逃掉了。

我在跑出門時，不知為何又回頭向桌上望了一眼，突然驚奇的發現，碟子的移動並非漫無目的，它總是游離在三個字之間。

那三個字竟是：在，水，邊！

接著「啪嗒」一聲，碟子掉在地上摔壞了。

在水邊？這是什麼意思？難道碟仙遊戲真的請來了仙人，它想傳遞某個資訊給我們？

我們五個人都逃跑了，而且屁事都沒有發生。沒有摔斷手腳，也沒有掉頭髮。這件事似乎就這麼結束了……

但當真能如此輕易的結束？

或許，沒那麼簡單吧！以後的種種跡象殘忍的告訴我，這，還僅僅只是那場連續悲劇的開始。

操場上夜鳥在淒厲的嘶叫著，牠們恐怖的聲音一聲接著一聲，像是催命的音符般，預示著恐怖即將降臨……

# 第二章 嬰啼

我和雪盈剛跑到宿舍門口，便看到鴨子他們三個，那幾個傢伙居然還有臉等我們倆。

「你們沒事？真是太好了！」鴨子驚魂未定的說。

張聞強然嘻笑道：「我們很擔心，幾乎都要回去找你們了！」素聞他臉皮夠厚，但我還是吃驚於竟然厚到了這種程度。

狗熊一直沉默著，似乎在思考什麼。最後他說：「就這樣算了吧。今天的事誰都不准說出去，如果被校方知道的話，我們一定會被記大過。」

「什麼，就這樣了事了！碟仙我們根本就還沒有送回去。」雪盈氣憤的說著，那些請碟仙失敗後的恐怖結局，一個又一個滑過腦海，她突然害怕起來：「或許，或許我們都會死。」

五個人同時打了個冷顫。

「不會有事的，已經結束了！」狗熊說。

「對，對呀！」鴨子結巴道：「玩個遊戲也會死掉的話，那現在的地球也不會被幾十億人擠滿了！」他說完後，不禁為自己這句富含哲理的話得意起來。

「哼，你們當然不會擔心，碟仙是我和小夜請來的！」雪盈鄙夷的說。

「我說已經結束了！」狗熊吼了一聲。

這個小子雖然才十五歲，但早已長成了個一七五的大塊頭，舉手投足間總給人一種壓迫感。這一吼，便嚇得雪盈不敢再開口。

「喂！在那邊的是誰！」我看到對面走廊陰暗處有幾個身影閃過，喊了一聲。

「是我們。」有幾個男生走了過來，是國一的新生。

其中一個特別興奮的問：「學長們也是聽到了那個才下來的？」

「什麼那個！這麼晚不睡還出來到處晃蕩，小心我告訴管理員。」鴨子說。

那幾個新生「噗」的險些笑出了聲，心想，你還不是這麼晚不睡出來到處晃蕩！嘴上卻說：「沒聽到？就在對面的亭子旁邊，好像有嬰兒的啼哭聲！」

「嬰兒的啼哭！」我們五個驚訝的叫出聲來。

側耳細細一聽。

北風刮得正烈，在那種撕心裂肺的狂啞嗥叫中，的確隱隱有個異樣的聲音。就如剛生下不久的嬰兒，醒來後飢餓的哭泣聲……

恐怖又爬上了心頭。

「那個傳說是真的……」張聞顫顫的說。

鴨子連打了好幾個冷顫，緩然道：「已經這麼多年沒發生了，為什麼今天……」

我們相互對視，最後不約而同的搖了搖頭。

國一的幾個小傢伙，像是看出這些大自己兩個年級的學長知道一些內情，好奇的問：「有什麼不對嗎？傳說？學長，那到底是什麼傳說？和嬰兒有關嗎？」

「這些不是小鬼頭該知道的。」狗熊皺了皺眉頭，準備上樓回宿舍。

小鬼們輕聲咕噥道：「有什麼了不起！就大我們兩歲而已，那麼神氣活現！」

「大兩歲怎麼了？嘿嘿，這就是決定性的差距。」跟在狗熊身後的鴨子轉過頭來：「誰叫你們晚生了兩年。也不想想兩年時間，世界有多少東西會變。」這個狗嘴裡吐不出象牙的傢伙，總愛說些自以為是的話。

有個國一生不服氣了，「那學長是認為多長我們兩年的人生經驗？」

「當然。」

「膽子也自然比我們大很多囉。」

「不錯。」鴨子得意地說。

那國一生眼看自己丟的鉤就快釣上魚了，忍不住輕輕竊笑，「我們現在正準備到亭子去探險，但缺了一個隊長，大家爭了很久。不過既然學長膽子比我們的都大，而且經驗又比我們豐富，就請幫個忙，帶帶我們這些小弟吧！」

鴨子一時語塞，他十分明白，自己現在別說是到亭子那邊去探險了，就算是離開宿舍幾步，也不敢保證自己會不會在可愛的褲子裡，撒上一些溫暖的碳水化合物。但嘴裡又不肯示弱，只得支支吾吾的說：「帶上你們當然可以，但老大我今天正好睏得要命，懶得陪你們這些小癟三去瘋。」

「那明天晚上好了。」國一生陰笑道：「晚上十二點，就在這裡集合。哪個不去的，自己乖乖在校報上登一篇啟事，承認自己膽小無能只會吹牛。」他雖然在跟朋友們說話，但卻意味深長的望了鴨子一眼。

「鴨子的膽子大是眾所周知的，我敢保證，以他的身分，就算死了變成鬼也不會爽約！」我插口道，卻從沒想過，那句話，在不久後成真了。

「那好，就這麼定了。」一年級的也不等他是否同意，飛快解散回了自己的寢室。

鴨子哭喪著臉看我，嘴裡沒說什麼，但眼神分明想狠狠的搧上我幾個耳光，將我踢倒，瘋狂踐踏後埋起來，再挖出來拉出去遊街。

我滿不在乎的哼著小調，輕鬆的走開了，心裡暗罵著，「活該！自作自受！」

突然感覺有誰在拉自己的衣角，轉頭一看是雪盈。

她衝我莞爾一笑道：「忘了對你說謝謝……」接下來本還想說些什麼，卻欲言又止，僅僅道了聲再見，就回右邊的女生宿舍去了。

我淡淡的笑了笑。沒想到這個我一向看不起，認為她除了臉蛋有些可取之外，其他都一無是處的班花，今夜看起來，倒頗為可愛。

側著耳朵再聽聽，宿舍外遙遠的操場另一端。那淒厲的嬰兒啼哭不知為何戛然而止，可不久後，又更加兇猛的哭起來。心裡沉甸甸的，搖搖頭，我也走進了宿舍。

# 第三章 傳說

每個學校，不管年代是否久遠，都會或多或少有一些不可思議的事情流傳著，也許它們和鬼怪並沾不上邊。但，能稱為怪談的校園傳說，又有哪個背後沒有故事呢？

當然，我就讀的那所學校，也擁有一大堆怪異的故事。

我和鴨子住在同一間寢室，那間寢室一共有三張上下鋪，五個人共同居住著。

上床時快凌晨一點了，另外三個室友還在玩著紙牌，我們走進去後，他們也沒怎麼在意。

隔了一會兒，鴨子因為口渴，下床來提水瓶倒水喝，卻發現裡邊一滴水也沒有，忍不住氣憤的喊道：「怎麼一滴水也沒有！今天哪個王八蛋值日，可害慘人了！」

「不是你嗎？」其中一個人答道，其他人都笑了起來。

「靠，真他媽的倒楣！」鴨子臉一紅，窘迫的道：「那……旁邊的水瓶呢！還有水嗎？」

「那不是你帶來的水瓶嗎，自己都不認得了？」又是陣大笑。

那個水瓶，誰都知道有近三個月沒有動過了。

「見鬼！」鴨子惱怒的想將伸出的手縮回去，就在這時，這三個月沒裝過一滴水的水瓶，無緣無故莫名其妙地發出「砰」的一聲，居然炸開了！

「幹什麼！喝不著水也不用摔水瓶發洩嘛！」那三個人露出一副正經事被打擾的厭惡表情。

「我……我根本就還沒碰到它！」鴨子喊起冤來。

我就在他身旁，所以看得很清楚，他的手離水瓶至少還有五公分。為什麼會炸開？我實在找不到任何可以解釋的理由。

「難道水瓶會自己摔碎？」其中一人不屑的瞟了他一眼，「鴨子呀，不是我說你，雖然平時你說謊說慣了，但那一套就不要帶到寢室裡來了嘛！看看，就我們這幾個兄弟，誰不知根知底？」

「可是的確是它自己爆掉的！」鴨子委屈的說。看來愛說謊的人也討厭被別人冤枉。

突然，有個人說：「聽！那個嬰兒的哭聲又停了。」

眾人細細聽了一下，的確，現在窗外只剩北風肆虐，而若有似無的嬰啼聲，不知何時消失得無蹤無際。

那人神秘的笑了笑，又說道：「還記得那個傳說吧？」

傳說？

對了！的確有一個，在這所有著七十多年校齡的學校中，最不堪回首的……關於一個嬰兒以及他母親的傳說。

那人用低沉的聲音講道：「我入校時曾聽一個學長講過。據說在十多年前，有個叫李萍的高三女生，被校長的兒子強暴了。完事後還警告她不能說出去，不然會讓她全家都沒有好日子過。

「那女學生自然羞於講出去，但沒想到卻因此懷了孕。她的肚子一天天大起來，心裡也一天比一天著急，終於，她去找了校長的兒子。那傢伙不願意負責任，強迫她打掉，並把嬰兒的屍體，埋在了校內古亭旁的某棵樟樹下。

「但那天後，那女孩也不知了去向，有人說她受不了打擊，自殺了。而那個校長的兒子，因為那女孩的失蹤受到了調查，最後道出了這件事。他被判了三年刑。

「不過那女孩至今都還沒有找到。從此後，亭子旁的樟樹林在夜黑風高時，總會偶爾發出類似嬰兒啼哭的聲音。不過這個傳說會流傳下來，並不是因為這個背景故事，而是五年前發生的事。

「有天深夜，嬰兒的啼哭聲又響了起來。因為是星期六，很多住校的人都回家了，宿舍樓裡就剩下一個叫做王強的高二男生。那男生乍一聽到哭聲，感到害怕，便想喝水壓壓驚。沒想到，手還沒碰到杯子，那杯子便『砰』的一聲碎了。

「然後第二天，那男生也失蹤了……但或許也因此，那嬰兒的啼哭從此便沒再出現過，直到今晚！」

那人嘿嘿笑道：「鴨子，那個傢伙只不過摔壞了水杯就失蹤了，但你竟然摔破了水瓶，這可比茶杯大上好幾倍。哈，真不知道你會死成什麼樣子！」

這句玩笑話可把鴨子嚇壞了，他心虛的望著我：「小夜……你……你……可把我害慘了！」

我笑道：「我如果不插那句話，你還不是得被他們幾個弄去。而且如果你真的害怕，很簡單，不去不就得了！」

「這怎麼可能！我還想不想在這個學校混了？」

「那你想怎麼樣？」

「要不，你陪我去？」他試探著問。

我哈哈大笑起來，反問道：「你認為這有可能嗎？」

他死沉的臉變得更是一點血色也沒有了，只是喃喃地說：「怎樣你也該多少負一點責任吧！」

我佯怒道：「你不要總是把責任朝別人身上推，這都要怪你太愛多嘴了！」

「小夜……」他還不死心的叫著。

我乾脆拉過被子蓋住了自己的頭，不去理他，只在被縫裡偷望了他一眼。他很失魂落魄。

沒想到，那竟是我看他的最後一眼。三天後我才知道，鴨子在他們約定去冒險的當天晚上，失蹤了⋯⋯

於是在此後的十幾天內，陸續有警局的人找我們四個談話。我很不明智的告訴了他們，那個傳說以及前一天晚上發生的怪事，結果只引得那幾位「員警叔叔」一陣大笑，有一個都險些笑出淚來了。但我實在不知道這有什麼值得笑的。

唉，或許是人大了後，就失去了想像力以及欣然接受新事物的能力了吧。

「你要我們相信，是那個嬰兒把王煒帶走了？哈哈，小朋友，你的想像力太豐富了。」他們笑著搖搖頭。

看得出如果我不是所謂的「某富商之子」的話，他們一定會建議我去精神病專科，檢查腦袋是否有問題。

不過這三個員警還是根據我的線索，找了國一的那幾個小鬼。

起初他們只承認的確跟鴨子有過這樣的約定，但鴨子卻放了他們鴿子，後來在「員警叔叔」們的循循「善」誘下，終於有人說出了實情。

那天晚上發生的事，確實有些匪夷所思。

# 第四章 怪洞

不知誰說過，人最大的敵人不是自己，而是壓抑不住自己的虛榮心。

那天晚上，鴨子的虛榮心終究戰勝了內心的恐懼，十二點整，他如約和那群小鬼去了亭子旁的樟樹林。

以下是那群國一小鬼的老大——呂營，在幾天後對我所講的內容。

說到某些情節時，他的手還會微微發抖，似乎到現在仍心有餘悸的樣子。

我不知道他有沒有撒謊，但有些情節想來也太誇大了。

請注意，我將以第一人稱來記錄這個故事，以下的「我」，指的都是呂營。

□

十二點鐘一到，我便去了學校裡的古亭。

嘿，沒想到那些經常遲到的傢伙，竟然也都來了。鴨……王煒學長也到了，只是顯得沒什麼精神，可能是昨晚睡得不好吧，我沒怎麼在意。

其實在昨晚和學長們分開回寢室後，我已打聽到了關於那個夜啼嬰兒的傳說，也跟那些傢伙說過了。他們很興奮，有的甚至帶上了鏟子一類的工具，揚言要將他挖出來上人體解剖課。

「都這麼多年了，想來也只剩骨頭了吧。」我的一位同學說。

立刻有人不服氣的道：「也可以解剖呀，用手把它肢解了。嘿嘿，順便也可以瞭解瞭解，人體的骨骼構造是不是和書上寫的一樣。」

他們說得興致勃勃，一副手到擒來的樣子，似乎那具嬰兒的屍體就在手裡，只等自己來處理了。

其實我們也不知道為什麼會這麼激動，好像有什麼在心裡煽動著。

但我卻發現王煒學長只是靜靜地冷眼旁觀。突然他問了一句：「想挖嬰兒？那你們知道他被埋在什麼地方嗎？」

我們立刻傻眼了。

的確，我們只知他被埋在樟樹林裡，並不知道具體的位置。

但我當時吃驚的卻是王煒學長的態度，因為以前曾聽過一些關於學長的傳言。很多人都說他攀龍附鳳、膽小如鼠。嘿嘿，說實在話，安排這次冒險，有很大一部分原因是想看學長出醜，卻沒想到他竟然會這麼的冷靜。

風又大了起來，吹在身上讓人感到一絲寒意，夜很黑，天上又沒有月亮。奇怪，不久前還明月高照的。

「你難道知道嗎？」有個人問道。

學長哼了一聲：「對學長要稱呼『您』！」

那人很惱怒，但又壓抑不住自己的好奇心，只得裝出畢恭畢敬的樣子問：「學長『您』知道？」

「我不知道。」他慢吞吞的說。

「那你還裝出那副了不起的樣子！」有幾個人忍不住叫起來。

學長卻毫不在意的道：「我雖然不知道，但可以大體推出它的位置。」

「推？」那個被糗的人悻悻的說：「您以為您是柯南．道爾？」

學長沒有管他，只是淡然道：「其實很簡單。你們想想看，有兩個人，一個心慌意亂、心不在焉；而另一個卻疲憊不堪，身體孱弱。他們想在這片樹林裡，藏一個自己永遠也不想看見、更不想別人發現的東西，你說他們會藏在哪？」

「當然是藏在別人不會常去的地方……」那人喃喃的說，突然恍然大悟了：「啊——我知道了！在林子的最南邊！」

樟樹林的最南邊那片地，有兩座孤墳，不知為什麼學校到現在還保留著。那兒一天到晚都陰森森的，煞是怕人，去的人自然也就少了。

那些傢伙歡呼著抄起工具，一溜煙的朝那兒跑去。

我更加奇怪了，從來沒聽說過學長還有這麼強的推理能力，而且，膽子好像也不像傳言中的那麼小，因為他竟然跑在眾人的最前頭。

難道真的是傳言不可盡信？

但昨天我看到的學長，分明就像個口吐雜言、在街上一走，就可以找到好幾打的癟三，現在卻儼然是個飽讀詩書、滿腹經綸的才子！才二十多個小時而已，一個人的性格竟然會變得這麼多。

帶著滿腹狐疑，我腳不停步的跟了過去。

到了後，大家開始打量起這片林子，這是個二十多平方公尺開外的小地方，有兩座古墳坐落其間，不過位置十分怪異。

我們當然不會是第一次到這裡，但卻從沒有真真正正的注意過四周的樣貌，更沒有注意過這裡的樟樹其實也很多，多得讓我們無從下手。

既然無法入手，自然有人又把眼光掛在學長的身上。

學長緩緩說道：「試想，在這種情況下，你一定會將那個東西放在你認為最安全的地方，那兒……」

「我知道了，他在這兩座墳的其中一座裡！」有一個人高興的嚷起來。人群中立刻傳來一片有同感的「哦」聲。

學長狠狠的盯了他一眼，似乎很不高興他打斷了自己的話：「你認為可行嗎？那你去試試！」

那人哼了一聲，拿起鏟子便向其中一個墳走去。但剛要挖下去，突然卻微微一愣，最後默不作聲的倒拖著鏟子走了回來。

「怎麼了？」有人好奇的問。

「不可能會在那裡。」他喃喃的兀自說著。

學長道：「哼，你倒還是有些腦子。當然不會在那了，墳的土那麼硬，對那兩個人來說實在有些難度，而且最重要的是路燈。」

「路燈？」眾人大惑。

「對。幾十年來，學校的路燈雖然從油燈變為了電燈，但位置大體沒有變動過。你們看，這裡雖然很偏僻，但路燈的光依然可以照到墳的位置。只要有光，就免不了或許會被人看到，這對他倆來說太過冒險了，所以，如果是我的話，我一定會選擇一個土質較好，又不會暴露在光亮裡的地方。

「在這兒，只有一個地方符合以上條件，那就是……」學長向北邊看去。在路燈昏暗光芒的盡頭，一棵高大的白樟樹正屹立在黑暗中。

「一定就在那裡！」眾人激動的跑過去，在樹底下一陣亂挖。

唉，直到現在，我依然不明白為什麼我們會那麼投入，自己還是第一次有那麼興奮的感覺，就像埋在土裡的並不是什麼嬰兒的屍骨，而是個數目驚人的寶藏。

我無法保持冷靜，只是一個勁的用鏟子挖著土。一次偶然中抬起頭，卻看到王煒學長並沒幫忙，只是在旁邊冷冷的看著，嘴角閃過一絲很詭異的笑……

我愣了愣，還來不及多想，就聽到鏟子打在一個硬物上的聲音。

「這是什麼東西？像是混凝土。」鏟子的主人咕噥了一聲。

「把它砸開。」我毫不猶豫的說，絲毫沒有想過，那裡為什麼會出現混凝土？只是直覺的認為屍骨應該就在混凝土下邊。

「啪嗒」一聲——硬土總算在眾人的連番瘋狂敲打中被弄開了，一股涼風吹了出來。吹得人由頭至腳的陣陣寒意。

突然，隱隱中像是什麼聲音響了起來，是……是嬰兒的啼哭聲！

那聲音猶如鬼魅般迴盪在樹林裡，但更可怕的是，它不是從洞裡傳來的，而是，而是來自我們的頭頂。

我們的狂熱，頓時被這種空前的恐怖嚇得煙消雲散。

這時學長竟然大笑起來，那笑極為詭異。他俐落的竄上樹，在幾乎沒有分枝的白樟樹上飛快的攀升而起。

我敢打賭，這種速度就算職業的攀岩家也不可能做到。

他在樹頂枝葉茂密的地方，拿出了一個淺藍色的袋子後，居然從十多公尺高的樹上一躍而下。

請相信我，我敢肯定的說我沒有眼花。

他確實跳了下來，而且一點事兒也沒有。只是嘿嘿的笑著，衝我們說：「嘿嘿，你們不是要看嬰兒的屍骨嗎？」說著，他將那個不知被風吹雨淋了多少時日、早已殘缺不全的袋子舉起來，將它一層一層的剝開……

天！在裡邊的竟是個活生生的、發育還未完全的嬰兒！

那嬰兒不斷的哭著，擺著小手。突然，血從臉上流了出來，鮮紅的顏色，慘不忍睹。但他依然在一個勁的哭著，擺著他的小手……

「媽呀！」不知是誰先叫了出來，我們這群人立刻像聽到了命令似的，瘋狂向回跑去。

回到宿舍樓後，我越想越不對。

這會不會是學長在耍我們？難道他知道了我們的計畫，故意要我們出醜？不過他的演技也太絕妙了，任誰也不可能不上當！

我頓時心悅誠服、恐懼盡去，於是整個晚上都在思考對策。這一次臉是丟定了，但關鍵是怎樣才能將損失減到最小。

第二天一早，我便去了學長的教室，希望可以佔個先機，責問他前一天晚上為什麼那樣嚇學弟。這樣也許他一時語塞，能讓這件事就這麼不了了之。

但學長卻沒來上課。

難道是想在家裡將這件醜事編寫成冊，然後在學校裡四處傳播？我心裡咕噥道。

我不死心，上午課結束後，便約了兩個同伴到古墳那邊去，想找找學長計畫的漏洞，至少也要找一個能解釋得通的假相。

天！我們竟然發現，那棵白樟樹下竟然絲毫沒有挖掘過的痕跡。

在巨大的驚訝中，我不由得向樹頂望去。學長拿到袋子的地方，似乎隱隱有個藍色的東西。

我們……實在沒有任何人有勇氣將它拿下來！

本以為事情就這麼過去了，但幾天後當員警找到我時，我才知道學長失蹤了。

那件事本來就犯了校規，再加上有個人失蹤了，我們自然不敢說出來，搞不好會被記個大過。

呂營一口氣將這件事向我講完，最後說：「他媽的！誰可以告訴我，這究竟是怎麼回事？」

我聳聳肩，腦子裡生出更多的疑問，又問了他幾個問題，但他的回答卻沒有給我任何一個可成形的答案。

呂營氣喘吁吁，像累脫了似的說：「學長！你他媽的不要再問我任何問題了。從今以後，我也不想再聽到有關這事的任何訊息！」

說完後，他就這樣走了，背奇怪的弓著，一副心力交瘁的樣子。

好奇這種東西就像抽大麻一樣折磨人，我苦苦思索後，依然百思不得其解。

如果呂營講的是真話，那麼那天出現的就絕對不會是鴨子，那個蠢貨絕對沒有這麼聰明。

但是如我揣測的話，就出現了一個問題：

究竟那天晚上，那群國一生見到的到底是誰？

唉，這件事，越來越令人費解了！突然想起了前幾天自己無意中說過的那句話。

我說：「鴨子就算意外死亡變成了鬼，也會去赴約。」我不由得通體發冷。

不，這個世界上根本沒有鬼。難道，裡邊還有些我不清楚的隱情存在？

# 第五章 鬼上身？

人是一種很奇怪的生物，對於未知的東西，總是想要找到一個合理的解釋。我同樣如此。最近一直都在想鴨子那件事情的合理性，想得腦袋頭髮都痛起來。

「你知道鴨子有沒有什麼雙胞兄弟？」課間休息的時候，我回過身，向坐在我後邊的雪盈無頭無腦的問了這樣一個問題。

「沒有。」雪盈微一遲疑，果斷的回答道。

「妳為什麼這麼肯定？」我還是不死心。

雪盈笑了笑，「我和鴨子兩家是世交，從小就認識了，他是獨子。」她頓了頓，小心的望了我一眼，又補充道：「但我們兩家只是世交而已，沒有任何其他關係！」

我大失所望的哦了一聲。

「你問這個幹什麼？」雪盈好奇的問。

我苦笑了下，將呂營對我講的事情向她複述了一遍。

「啊，所以你才會懷疑，鴨子是不是有雙胞兄弟……」雪盈恍然大悟，接著咯咯的不停笑起來。

「有什麼好笑的？難道妳就一點也不懷疑嗎？」我惱怒的皺起眉頭。

雪盈可愛的搖搖頭，望著我，低聲說：「的確是很可疑。我可以作證，鴨子絕對不會那麼聰明。但是聽你講完整件事後，我第一個感覺是什麼，你知道嗎？」

「我怎麼可能知道？」

「嘻嘻。」雪盈又笑起來，卻不繼續剛才的話題，說道：「聽說學校旁邊新開了一家咖啡廳，人家好想去，但就是沒人肯請我。」

暗示得這麼明顯，就算是傻瓜，也知道這絕對是借機敲詐。我長嘆一口氣，恨恨的道：「好！我請妳。現在可以告訴我了吧？」

「不行，太沒有誠意了。」

我氣得冒煙，又不敢表現出來，只得站起身，彬彬有禮的向她行了個禮道：「我夜不語，能有幸請您這位美麗動人、天真可愛的雪盈小姐，在今天下午一起喝個咖啡嗎？」

雪盈看我咬牙切齒、恨不得咬她一口的樣子，樂得花枝亂顫，慢吞吞的說道：「雖然對我美麗的形容還遠遠不夠，不過，看在你的誠意，本小姐就勉強接受你的邀請了！嘻嘻。」

「妳滿意了？可以說了吧？」我用力的瞪著她那張小巧可愛的嘴，如果這時她的嘴裡再吐出任何一個要求，自己一定忍不住辣手摧花！

「其實很簡單，你有沒有想過，也許是……」雪盈正正經經的用手撐住頭，溫柔的看著我，一個字一個字的慢慢說道：「或許是，鬼上身！」

「鬼上身？」

我只感到全身僵硬，一時間動也不能動了。不是因為恐懼，而是因為這個陌生而又搞笑的詞彙。

有沒有搞錯！我本來還期待她會有什麼好線索的。唉，相信這個女人，看來果然是絕對的錯誤。

「我知道你不相信。」雪盈顯然注意到了我流露的失望，「但是小夜，你還能有其他解釋嗎？自從我們去請碟仙後，怪事就層出不窮，所有的事情，我覺得都不應該再用常理來解釋。」

「但是妳的解釋太不理性了。」

「理性？」雪盈氣憤的說道：「理性這種東西，只是你們這些自以為是的男生，不願意接受某些事物的藉口罷了，其實真正不理性的，根本就是你！」

「哈！我不理性？妳簡直莫名其妙！」我用吵架似的聲音大聲叫道：「哼，妳這傢伙，果然除了臉蛋外，其他地方毫無可取之處，虧我那天還差點以為妳很可愛！」

話一出口，我就後悔了。

「夜不語！你，你……」雪盈的眼圈頓時紅起來，她怔怔的望著我，突然捂住臉，轉身向教室外跑去。

我愣愣的呆站在原地，低垂下頭躲避四周射過來的驚詫目光。

唉，看來不理智的，果然是我吧！

我緩緩的走出教室，向屋頂走去。

「給妳。」我取出一張衛生紙，遞給背對著我抽泣的雪盈：「對不起。這是我第一次跟別人道歉，除了這三個字以外，我不知道還有什麼可以用來道歉的話了……」

「我沒有怪你，不是你的錯。」雪盈平靜的轉過身，用沙啞的聲音說道：「我知道所有人都是這樣看我，都認為我只有臉蛋，沒有頭腦。但是我，但是我……」她全身顫抖起來，猛地撲進我懷裡，大聲的哭了。

「傻瓜。」

我忍不住將這句比較文雅的髒話罵出了口，也不知道是罵自己，還是在罵她。

不知過了多久，明知道現在不該有所感覺，但那軟玉溫和的體溫，和那股一直縈繞在我鼻邊的幽檀香氣。讓身體開始酥麻，於是，我不安分的動了動。

雪盈漸漸不哭了，似乎感覺到什麼，身體也變得越來越熱，突然她在我懷裡動了一下，接著我便被她用力推開了。

「色鬼，小夜是色鬼！」雪盈滿臉通紅的低垂著頭，輕聲罵道。

我乾咳了幾聲，有意岔開話題，「妳的借閱證可不可以借我？我的弄丟了。真麻煩，學校的圖書館沒有借閱證進不去。」

「你要借閱證做什麼？」和我眼神一接觸，雪盈便像慌張的小鹿般，急忙把眼神避開。

我饒有興味的看著這一幕，答道：「剛才妳的那番話，讓我突然想到了一個問題，說不定正是最近發生的怪事的關鍵。」

「是我讓你明白的？」雪盈高興地抬頭望我，卻突然發現我正含笑的看著她，頓時臉上微微一紅，柔聲道：「那你，你明白了什麼？」

「首先是鴨子，他和傳說裡那個失蹤的學長，有許多共同的地方；而且，最讓我在意的是，學校裡的那條校規。為什麼學校禁止學生玩碟仙？會不會是以前曾經發生過什麼事情？」

「但是，圖書館真的會有答案？」雪盈詫異的問。

我微微一笑：「當然不可能有。但是學校的圖書館裡有資料室，所有的資料都在裡邊，而我剛好知道，那個資料室很少有人去，所以就算我把裡邊鬧翻天，也不怕被人知道。」

「不過，資料室應該長年都被一把大鎖鎖住的吧，你哪裡去找鑰匙？」

「問題不大，一條口香糖足夠了。」

「口香糖？」雪盈張大眼睛看著我，就像在看白痴一般：「口香糖能開鎖？」

「當然，只要符合某種條件就可以了。」我心不在焉的答道，腦子又開始不停的思索起來。

鮮紅封面的學生手冊裡，那一條醒目的校規實在可疑。究竟以前在學校發生過什麼事情呢？

一想到這裡，我就感到手心發熱，好奇心蠢蠢欲動起來。

# 第六章 第三十六條校規

每間學校都有校規，而學校的校規多半大同小異。但是在這間學校，卻有一條其他的學校絕對沒有的校規。

校規第三十六條：

「本校學生嚴禁玩碟仙，或者其他類似的遊戲。違者記大過處分，嚴重者退學。」這種莫名其妙的校規，在才進入這所學校的時候，我就注意到了。

我不知道原因，但有一點可以確定，這條校規的訂定絕非空穴來風，從前一定曾經發生過什麼。

沒人的時候，我將嚼得軟化的口香糖，擠進那把大鎖裡印到了鑰匙的模子，然後在外邊找人做出鑰匙。

又找了個沒人的時候，飛快的打開鎖，溜進了學校的資料室。

「沒想到還有這一手，好刺激！」雪盈驚嘆道。

「我表哥是員警，我從他身上學會了很多東西。」說是表哥，其實一直都是他叫我那麼稱呼的。我的母親那邊沒有任何親戚，表哥是我二伯父的兒子，本應該是叫堂哥才對。可從小就弄錯關係的我們倆已經稱呼習慣了，乾脆將錯就錯了下去。

看著身旁已經激動得手舞足蹈的她，令我無可奈何的嘆了口氣：「真不該帶妳來的……妳待在教室裡還可以幫我請假，結果現在變成一起蹺課，而且還是那個該死的萬閻王的課，明天不知道會被他怎麼整！」

「人家才懶得管這麼多。這裡好黑，快找找電燈的開關在哪裡。」雪盈慵懶的說道，手向門邊的牆上摸去。

我及時一把抓住了她的手臂，「妳瘋了！」

我低聲喝斥道：「打開電燈，不就明擺著告訴別人這裡有人嗎？」又嘆口氣將帶來的小手電筒遞給她：「人手一把。妳從最右邊的架子開始找，看到有什麼奇怪的資料或東西，就拿過來給我。還有，翻查的時候要儘量小聲一點，明白嗎？」

雪盈打開手電筒照著自己的臉，衝我可愛的吐了吐舌頭，「對不起嘛！你看，現在人家像不像女鬼？」

「像妳個大頭鬼。」我火大的逕自向最左邊的架子走去。

資料室大約是一百四十平方公尺（約四十二坪）的長方形房間，一共擺放著十九個櫃子，每個櫃子有三層，櫃子中間貼有資料的分類標籤。

我左手的第一個櫃子，擺放的全是創校七十年來的紀錄。我草草的翻看了一下，並沒有想找的東西，便向下一個櫃子走去。

第二個櫃子放的是，在這裡讀過書的二十多萬學生的名冊以及聯絡薄。我根本連碰都沒有碰，就直接走了過去。

第三個櫃子更離譜，上邊擺的全是學生們所做的優秀作品。

天哪，我快要崩潰了！

直到現在，我才發現自己天真得可笑，竟然會想要在這個浩瀚的資料庫裡，找到那兩個線索小得可憐的解答。

正氣得抱頭自我檢討，雪盈抱著一本厚厚的紀錄本走了過來。

「小夜，這是不是你要找的？」她用小手電筒照著紀錄本的封面道：「裡邊是有關校規的事情。」

我精神一振，拿過紀錄本看起來。

「對！就是這個！我早就該想到要先找校規變動紀錄的。」剛沒翻上幾頁，我已經激動得快要跳了起來。強忍住想要抱住她狠狠吻一下的衝動，我問道：「妳是在哪裡找到的？」

「是在最右邊的第一個櫃子裡。」

「有沒有搞錯！早知道就從右邊開始找了，害我浪費了這麼多時間。」我嘀咕著朝那個櫃子跑去，用手電筒照著翻查起來。

「你翻看這些校規變動紀錄有什麼用？我找過了，那上邊又沒有寫為什麼會有第三十六條校規。」雪盈大惑不解的問。

我一邊繼續翻查，一邊答道：「這大有用處。我是想知道，那條校規是什麼時候出現的。知道了具體的時間，我就可以在學校的紀錄裡，查到那一年究竟發生過什麼事。這樣搜索的範圍就會縮小很多了。」

「原來是這樣！小夜，你好聰明！」雪盈大為驚嘆。

沒有多久，我們就找到了出現校規的那一年。

從變動紀錄上看，第三十六條校規是在九年前十分唐突的被制定的。在制定以前，沒有任何徵兆說明這條校規曾經被討論過。

「妳覺不覺得很奇怪？」我猛地抬頭問身旁的雪盈。

她遲疑了一會兒說道：「我只覺得這條校規出現得很突然——」

我點點頭，「所以我才有理由相信，學校方面，一定有什麼不得不制定這條校規的原因，好！現在我們立刻去查查，在九年前學校裡到底發生過什麼大事！」

學校事件紀錄本放在第十三、十四、十五這三個最大的櫃子裡，整整積累了七十多年的紀錄。

光是九年前那一年的資料，我就足足搬出了四十多本磚頭一般大小的記事薄。

我和雪盈一人一半，埋頭翻看著那些陳年舊事，大略看完，我倆同時抬起頭對視一眼，笑起來。

「妳有什麼發現？」我首先發問。

雪盈咯咯笑個不停，滿臉暈紅的說：「大事件！那年有個高三的女孩子居然懷孕了，對方是她的同班同學。據說他們是在走廊上發生關係的，而且命中率高得嚇死人，竟然一發就中！那個女孩子懷孕了三個月後才被她的家人發現，上面說，女孩還哀求她的母親，讓她把孩子生下來！」

「這就是妳所謂的大事件？」我哭笑不得的問。

「當然了。」雪盈理直氣壯的說道：「她才是個高三生耶！可是，可是……」似乎意識到我的目光中開始夾雜著侵略性，她才發覺自己正在談論一個什麼話題，立刻住嘴低垂下頭，臉色更羞紅了。

我暗自笑著，開口道：「還是聽聽我的好了。我發現在那一年最大的事情，就是在一個月內，死了四個女生……妳知不知道，通常一個學校要在什麼樣的情況下，才會制定新校規？」

雪盈思索道：「當然是在學校的利益受到損害，或者學生因為某件事情發生重大事故的時候。」她全身一震，倒吸了一口氣：「你是說那個新校規的制定，是因為死掉的那四個女生？」

「沒錯。」我點點頭。「而且還有一點我可以確定的是，那四個女生一定玩過碟仙的遊戲！」

雪盈突然無力的坐倒在地上，她用力握著我的手，語氣裡充滿了恐懼：「那麼我們，也會死掉？我們五個人全都會死掉？！」

「我們不會，我們誰都不會死。」年少時總是有許多的地方會衝動，我莫名激動的將她摟入懷裡，沉聲道：「只要有我在，我就不會讓妳死，絕對不會。」

雪盈沒有掙扎，她那雙黑白分明的大眼睛，一眨不眨的看著我，許久，居然噗哧一聲笑出來。

「搞什麼！難得我這麼認真的說。」我滿臉惱怒的推開她，抱怨著。

卻被她緊緊的抱住了，「謝謝你，小夜，雖然你個子不高，但是好可靠。」

——什、什麼話！

——什麼叫做「個子不高」！我才十五歲，我還會發育好不好！

雪盈的聲音到最後卻變得沙啞起來……我的手滑過她的臉頰，碰觸到了一些溫熱的水滴。

那是淚。女孩子的淚。

她，在害怕嗎？

# 第七章　四個女孩

離開學校的資料室後，整整兩天時間，我都沒有好好休息過。除上課之外，所有的「課餘時間」，都用在九年前死掉的那四個女孩的調查上。

但我的調查並沒有想像中順利，畢竟除了她們的名字外，我幾乎一無所知。

當然，我也嘗試過拐彎抹角的去詢問高中部的學長和一些老師，但是很顯然，他們和我一樣，對那四個女孩的事情一無所知。

唉，究竟九年前發生過什麼事？

徐許、張秀、王文以及李芸，這四個女生究竟是不是玩過碟仙？為什麼會在一個月內陸續死亡？到底她們是怎麼死的？

這一連串的疑問不斷的衝擊著大腦，好奇心氾濫的我幾乎快要抓狂了。

正惱火的考慮：是不是要將桌上的東西全部丟在地上踐踏，以宣洩心中不快的時候，雪盈像一陣風似的向我跑了過來。

「小夜，我查到了——」她滿臉愉悅的說：「我查到在這個學校任職九年以上的老師了。」

我欣喜若狂，一把抓住她的手，急切問道：「快告訴我。天！太好了，今天的晚飯我請妳！」

雪盈臉上微微一紅，卻沒抽開纖手，任由我握著，輕聲說：「我表姐也是這裡畢業的。她雖然不知道九年前的事，但是她告訴我，從九年前就一直留在這個學校，從沒有被調走過的，現在就只剩兩個人。」

「只有兩個？」我眉頭打皺：「哪兩個？」

「第一個是校長，他從二十多年前就在這個學校了。至於第二個人，其實我們都很熟悉，就是我們的班導萬閻王，吃驚吧！」雪盈有趣的望著滿臉吃驚的我，又道：「還有一件更讓你吃驚的事情，表姐還告訴我，擔任那四個女生的班導，正好就是萬閻王。」

我臉上的吃驚表情頓時變為了震驚，默不作聲的站起身就朝教室外走。

「你去哪兒？」雪盈在我身後叫道。

「廢話！當然是去找萬閻王了。」

「喂！等等我。」

萬閻王，當然不是真的叫萬閻王。

只是由於他對自己的學生實在嚴格得有些過分，於是我們私底下給他取了這個外號，叫得多了，我也忘了他的真名字。

此時他正舒適的坐在椅子上，蹺著二郎腿吃愛心便當。

「萬老師，我們有些問題要請教你。」我直截了當的說明來意，「你還記得九年前在這個學校裡，發生過什麼大事嗎？」

萬閻王略帶驚詫的看著我，撓撓頭道：「夜不語，你不做作業跑到這裡來胡鬧什麼？上次的數學測驗，你竟敢給我考了個五十六分，害得我想讓你及格都難。」

「這件事等一下再談，我現在這個問題很重要。」我不由得提高聲音說道：「九年前，你的班上是不是有叫徐許、張秀、王文和李芸的四個女生？你還記得當時發生過什麼事嗎？為什麼她們全都在一個月內死了？」

萬閻王的臉色猛地變得凝重起來：「你是從哪裡聽說她們的事的？」

「一個朋友告訴我的。」我面不改色的撒著謊：「我還知道，她們死後，學校就制定了第三十六條校規。萬老師，我想知道那四個女孩究竟出了什麼事？」

「出去。」萬閻王站起身將我們向外邊趕，「我不會告訴你們任何東西，夜不語，你這傢伙也不要再調查下去，那些東西知道了對你們沒好處！」

這個老頑固。

我向雪盈使了個眼色，讓她依計畫行事。

雪盈衝我笑了笑，轉過頭面對萬閻王，突然間嚎啕大哭起來。

「我……我本來以為萬老師可以幫我們！」雪盈一邊抽泣一邊說道：「我好怕！我好怕我們會像那四個女孩子一樣。」

「你，你們發生了什麼事情？為什麼怕和那四個女孩一樣？」萬閻王突然像意識到了什麼，頓時臉色大變，他看了看滿臉沮喪的我、又看了看不斷哭泣的雪盈，結結巴巴的說道：「難道你們，你們也……」

「沒錯。」我垂下頭，裝作十分惶恐的樣子：「我們也玩了碟仙遊戲。那個碟子要我們死，它要殺死我們！怎麼辦，萬老師，我們到底該怎麼辦？！」

我早就知道萬閻王是個口風很緊的人，絕不會輕易把九年前的事情告訴我們，於是我就和雪盈自編自導自演了這段苦肉計，用半真半假的話騙他。賭一賭吧，萬閻王嘴硬心軟，或許能詐出點東西來。

看來這個苦肉計真的奏效了。

萬閻王頹然的後退了幾步，頓時像老了好幾歲的樣子。

他坐倒在椅子上，無力的衝我們指了指對面的凳子說：「你們坐下吧！讓我想想。唉，九年前，那四個女孩死得真慘，我本來以為自己一輩子都不用再記起來的。唉，這個世界上，為什麼總有像你們這些好奇心旺盛的小傢伙……」

萬閻王將那場九年前發生的悲劇，原原本本的講述了出來。那是個十分驚人的真相，一個讓人恐懼莫名的故事。

萬閻王的聲音沙啞，語氣壓抑。他望著天花板，深吸一口氣，緩緩道：「你們，不該碰那種詭異遊戲的。雖然我是教師，不願意提及迷信的東西。但有些玩意兒，真的很難以解釋。或許碟仙，真的不是給人類玩的。

「徐許、張秀、王文、李芸是當時我班上的學生。她們乖巧優秀，成績也十分突出，唯一的缺點，就是太喜歡一些稀奇古怪的東西。如果沒記錯，一切都是從那一天晚上開始的，剛好是輪到我在學校裡當值……」

□

九年前，深夜。值班室外傳來一陣急促的敲門聲。

「萬老師，萬老師，請開門！秀秀和文文受傷了，她們流了好多血。怎麼辦？我該怎麼辦？」

門外，一個女孩在哭喊著，原本清亮的聲音充滿了恐懼，她一邊用力的敲著門，一邊全身害怕的顫抖著。

萬閻王急忙打開門，只見徐許和李芸滿臉惶恐的站在門前，而張秀和王文背靠背無力倒在地上，像是已經暈了過去。

「到底怎麼回事？」萬閻王走過去想將那兩個女孩扶進屋裡，但他的手還沒有碰到她們，便已經被眼前的一幕驚呆了。

天哪！只見張秀和王文的右手食指，竟然被人齊生生的割斷掉，傷口還不斷的潺流著鮮血。而且從不整齊的斷口可以看出，兇器並不鋒利，因為兇手為了將食指切下來，用力砍過好幾刀。

實在太殘忍了！幸好她倆早已經暈了過去。

「妳們遇到變態了？」萬閻王手忙腳亂的將她們抬進屋裡，一邊拿起電話，一邊衝徐許和李芸叫道：「妳們兩個快幫她們止血，醫藥箱在床底下。我先報警，喔！天！應該先打電話叫救護車。」

「不，萬老師，我們沒有遇到什麼變態。」徐許好不容易才變得平靜了一點。

「對，萬老師，是碟仙，是碟仙要殺掉我們！」李芸神經質的說道，她臉上的肌肉不住的顫抖：「秀秀和文文的手被碟仙咬住了，我，我要救她們。我就用小刀把秀秀和文文的指頭切掉——嘿嘿，那個碟仙已經被我打碎了，它再也殺不了我們了。」她低頭望著自己的雙手一個勁的笑著，萬閻王只感到一股寒意不住的爬上了背脊。

他當時也實在沒有想到，那竟然是他最後一次見到這四個女孩。

「那天晚上，我通知四人的父母將她們領回去，但從那天起，她們就再也沒有來上課，直到一個月後，我才知道了她們的死訊。」萬閻王長嘆了一口氣，背無力的弓著，看著我和雪盈。

「她們是怎麼死的？」我冷靜的問道。

「據說是因為李芸。她先是掐死了徐許，然後溜進醫院，在張秀和王文的營養液裡，加入從化學實驗室裡偷來的白磷，將她們兩人毒死。但是不知道為什麼，不久後，她也跳樓自殺了。」

萬閻王惋惜的說道：「直到現在我也想不通，為何那麼乖巧的李芸會這麼做。雖然知道有些怪力亂神，但是，有一段時間，我真的以為她是被碟仙附身了！」

我和雪盈不由得打了個寒顫。

萬閻王悲哀的看著我倆，搖了搖頭，「這就是我知道的全部。你們也玩過碟仙，最近有沒有……咳，有沒有發生什麼奇怪的事情？」

「對不起，萬老師。」我滿臉抱歉的抬起頭說道：「其實我們說玩過碟仙，全部都是騙你的！」

「臭小鬼！」萬閻王頓時像被咬到了屁股似的，從椅子上彈了起來，「你這傢伙有事沒事跟我開什麼國際玩笑！我一定要告訴校長，給你記大過！」

「嘻嘻，您不會的。萬老師，謝謝您的故事了。」我衝他吐了吐舌頭，拉著雪盈飛快的溜出了辦公室。

「這件事妳怎麼看？」回到教室，我迫不及待和雪盈討論起來。

「我不知道該怎麼說，只是覺得好怕……小夜，我們真的不會像她們一樣死掉？」雪盈惶恐不安的說道。

「傻瓜，那四個人的死我覺得很蹊蹺，恐怕並沒有表面上那麼簡單。」我用手撐住頭，苦惱的思索著：「如果說是李芸瘋掉了，所以才會殺死她的三個好朋友，那麼就更說不過去，一個瘋掉的人不可能會那麼冷靜的殺人。」

「但是，我，我覺得自己恐怕知道李芸殺人的動機……」雪盈垂下頭，欲言又止。

「妳知道李芸殺人的動機！」我大為驚訝的問她。

但雪盈卻沒回答，只是背過手，衝我甜甜的笑了笑：「這個嘛，以後再告訴你。」說罷，她蹦蹦跳跳的跑開了。

我沒有看到雪盈轉身後，甜美的笑容變得黯淡起來。她的臉上全是苦澀。

我更沒有想到，就是因為她這一時的緘默，竟然釀成以後一連串無法挽回的悲劇。

事件的推移，冥冥中總有一雙無形的手在暗中推動著。或許就算我知道了，也是束手無策的結果吧。

# 第八章　嬰屍

記得曾有位名人說過，這世界上絕對沒有解不開的謎，端看你怎麼對待它。也許，答案就在你伸手便可觸及的地方。

從前這句話是我的座右銘，但自從和雪盈、張聞、狗熊、鴨子等五個人一起玩過碟仙的遊戲後，我開始懷疑起這句話的可信度。

在我們身邊越來越多詭異莫名的事情發生。鴨子失蹤了，而亭子附近好幾年都不曾響起的嬰兒夜哭聲，又每晚都淒慘的響起來，在宿舍樓的走道上、房間裡縈繞迴盪，弄得人心惶惶，甚至有人已經受不了要搬出宿舍了。

每次聽到午夜傳來的嬰兒啼哭，我當然也會感到害怕，不過害怕歸害怕，有件事情還是一定要做的。

夜裡十一點，我小心的避開宿舍管理員，悄悄溜出了宿舍。而雪盈早已經在拐角處等著我了。

「這麼晚約我出來幹什麼？」她滿臉期待的問，不知道腦子裡正想些什麼。

我打量了一下四周，小聲說道：「還記得那個國一生的老大呂營講過的故事嗎？他說和鴨子去找嬰兒屍體的第二天早晨，他又去過樟樹林，還看到他們挖掘過的那棵白樟樹上，似乎真的有個藍色的袋子，我想搞清楚他說的是不是真的！」

雪盈頓時變色道：「難道你想現在去亭子那裡？不要，好可怕！小夜，你的腦子是不是秀逗了，為什麼不白天去？白天又亮，找什麼東西也容易得多。」

「笨蛋！」我用力捏住她的鼻子說道：「妳以為我喜歡在伸手不見五指的夜裡，去那片又陰森又恐怖的林子，爬那棵高得要死的白樟樹啊？學校的操場就那麼巴掌大一塊地方，林子裡白天人來人往的，恐怕我爬不到一半，就會被人請進校長室了！」

「好嘛，就當我說錯話了……」雪盈委屈的揉著自己的鼻子問：「不過你叫我和你去幹那種勾當有什麼用？我又不會爬樹。」

「我才沒指望妳去爬樹，妳只要跟在我身邊就好了。」我不屑的說。

雪盈「咦」了一聲，她眨巴著大眼睛，做出恍然大悟的樣子，「我知道了，小夜害怕一個人去！哈哈，原來那個經常裝作一本正經、天不怕地不怕的小夜——也會害怕啊！」

我狠狠盯了她一眼，臉上有心思被識破的窘怒，「妳不去就算了。」說罷，飛快的朝前走去。

雪盈急忙跑過來，挽住我的手臂柔聲道：「好嘛，人家陪你就是了，不准生我的氣哦！」

穿過操場後，步行一百多公尺，就到了樹林前的亭子。據說這個亭子很古老，已經有超過兩百年的歷史。

亭子的地基很高，不過第一次看到這個將近兩公尺的隆起地基時，我感覺很奇怪。不是奇怪它的怪異形狀，而是墊起地基用的材料。

亭子的地基所使用的大塊石頭和砂土，一般是用於修建水壩和河堤的。雖然並不是不能用來修建其他東西，不過用來修建休息用的木亭，看起來總覺得很不順眼、很彆扭。

夜色很濃，無星無月，只有黯淡的橘黃色路燈，還在洩漏昏暗的煩悶光芒，隱隱照亮四周的方寸土地。

南邊的樹林在這種光線下更顯得陰森猙獰，樹枝隨著呼嘯的北風搖擺，發出乾澀刺耳的單調聲音。

本來已經靠我很緊的雪盈不由得打了個冷顫，又向我擠了擠，整個人幾乎都要貼到了我身上。

感覺手臂上壓著兩團軟軟的東西，我滿臉尷尬，卻又舒服得不願意抽開手，只好咳嗽了幾聲，努力打量起四周，希望將注意力從手臂上分散。

操場的北邊，有一條路可以通上這座古亭。

一般而言，古亭從早晨六點半到晚上九點之間，都會被高中部的學長和學姐霸佔，他們對我們國中部的小學弟堂而皇之的解釋是：要在這個安靜的地方研究生物課程和備考。

不過大家都知道，這些學長學姐不過是藉此談情說愛，甚至偶爾研究一下異性雙方的身體罷了。

對於這個心照不宣的秘密，我很厭惡，自然也很少到這附近，更沒想過有朝一日，自己會在三更半夜偷偷摸摸的跑進這裡。

哈！世事難料，沒想到我這麼快就以實際行動深入的體驗了這句話。

緩緩的走上亭子，雪盈好奇的四處打量著。

「好髒的地方，也不知道這個區歸哪個班打掃？」她嘖嘖說道，撥開眼前的萬年青，打開小手電筒，津津有味的看起柱子上用刀子刻上去的纏綿情話。

「啊——好棒！原來我們的學長學姐都這麼開放！」雪盈興奮的掐起我的手臂。

我頓時哭笑不得，輕輕拉了拉她的長髮道：「妳似乎完全忘掉我們是來幹什麼的了！」

「人家才沒忘。」雪盈目不轉睛的盯著柱子看，眼神專注得絲毫沒有動搖的跡象，她一邊看一邊猶自說道：「機會難得，平時很少能上來，現在一次看個夠本，呵呵，明天和朋友又有話題可以聊了。」

「妳們這些女生還真夠八卦（臉上有好多條線……），算了，妳一個人在這裡看個爽吧。」我沒好氣的就要向亭子右邊的樟樹林走去，這時突然聽雪盈奇怪的「咦」

了一聲。

「小夜，你快看這裡！！」她臉色發白，轉過頭衝我叫道。

「幹什麼？我可不喜歡挖掘別人的隱私。」我咕噥著，極不情願的彎腰看向她用手指到的地方。「我不要離開他，我不要他變心，就算死，我也要永生永世的愛著……」後邊的名字被人用小刀用力刮掉了。

不過這並沒有什麼值得驚訝的，只是一段非常普通的情話罷了，看得出這是一個少女的禱告。她喜歡一個男生，然後希望他永遠和她在一起，也希望他永遠只愛自己。

我詫異的望著雪盈，疑惑的問：「這句話並沒有什麼好奇怪的吧……」

「上邊的話的確很普通，不過關鍵是在這裡，你仔細看看——」她指著下邊的一行蠅頭小字說。

我漫不經心的將頭湊過去，輕聲唸道：「雪泉鄉第一中學，李萍留——這也沒什麼啊。」正準備抬起頭罵她大驚小怪，突然有一個古怪的念頭劃入腦海，我頓時驚訝的全身僵硬起來。

「李萍」，那個十多年前，據說被校長的兒子強暴，又突然失蹤的高三女生，也叫做「李萍」，她和這個在古亭的柱子上留字的女生，會不會是同一個人？

不！應該不會這麼巧。李萍這個名字實在很普通，和她同名同姓的人，在學校裡多得要死，而且幾乎每個年級都有。

我搖搖頭，打消了這個念頭。

雪盈像是看出了我的想法，沒頭沒腦的問道：「現在我們住的是雪泉鎮吧？」

「沒錯。」我不知道她想說什麼，只好點頭。

「那麼你還記得，這個地方是什麼時候從『雪泉鄉』變成『雪泉鎮』的呢？」她大有深意的笑著，臉上的表情似乎流露著：「看你以後還敢不敢認為我只有臉蛋沒有頭腦」的無聲笑意。

我恍然大悟，頓時明白了她的意思：「十年前。」我欣賞的衝她比了比大拇指，又說道：「我知道妳想對我表達的意思，不過這也不能說明任何事情。」

「但是這在時間上很吻合啊！我認為在柱子上刻字的女孩，應該就是學校傳說裡失蹤的李萍。」雪盈不服氣的說。

「小姐，我相信這個留言是至少十年以前刻下的，不過李萍這個名字實在太普通了。而且就算是她刻的，那又怎麼樣呢？只不過是說她陷入了一個三角戀裡邊、她喜歡的人開始變心了。這根本就對我們現在所要調查的東西，沒有任何幫助！」我傷腦筋的撓著頭。

「不！女人的直覺告訴我，這行字絕對大有文章。」雪盈固執的說道。

「好吧，就算妳對，我們可不可以先把這件事放到一邊？」我投降了。一個女人固執起來的時候，是沒有任何道理可講的，和她爭論，還不如聰明的附和她。

「你的語氣太勉強了，根本就是不相信我！」雪盈氣憤的一邊說著，一邊向我攤開右手道：「把你拷貝的圖書館資料室鑰匙給我。」

「妳又想要幹什麼？」我愣了愣。

雪盈偏過頭，賭氣的說：「當然是去找證據來給你看。我要查十年前到底有多少個李萍！」

「妳這樣做有意義嗎？」我頭大起來，唉！女人這種感性生物，確實不是我這個閱歷淺薄的國中生可以搞懂的。

「當然有了，至少可以出一口惡氣。」雪盈衝我哼了一聲。

我苦笑不語，然後拉著她逕自朝亭子右邊走去。再和她爭論下去，搞不好天都要亮了，到時候我還找個屁啊！

不知何時，風開始越刮越烈了。一走進樟樹林，就有股陰冷的潮濕空氣迎面撲來，我拉緊外套，小心的朝前走。四周很黑，十多公尺外的路燈放出的枯黃光芒，照射到我們腳下時，已經顯得力不從心了。

那兩座孤墳就在不遠處，靜靜的隆起在林裡黑暗中，給人一種莫名其妙的滄桑與詭異感。

本來還在和我賭氣的雪盈，又怕得整個人貼到了我的身側。

「真是個令人不舒服的地方。」她在我耳邊喃喃說道。

我沒有答她，只是一直打量四周，不斷回憶著呂營對我講述過的那晚的情形，以及所有的細節。

慢慢走到第一個墳前，我用手在地上挖了一小撮土，用力在掌中揉了揉，隨手扔掉後，又仔細的望向北邊的六株白樟樹。

「還記得我向妳轉述過的故事嗎？呂營說他們在哪一棵白樟樹下挖掘嬰兒的屍體？」我轉過頭一邊目不轉睛的看著兩座墳，一邊問雪盈。

她努力思索了一下，答道：「他說是一個土質較好，又不會暴露在光亮裡的地方。」

「那應該就是從左邊數起的第四株了。只有那株，才剛好夾在兩盞路燈的陰影之間，挖起來的話不容易被人發現。」我皺起眉頭，又道：「只是不知道那裡的土質是不是很鬆軟。」說完走過去，用手在那株白樟樹的根部用力挖起來。

「不對，這裡的土質硬得要死，就和墳旁邊的燥土一樣。」我失望的將挖得發痛的手縮回來，在衣服上抹了抹，「而且這棵樹的四周，確實也沒有任何被挖掘過的痕跡，奇怪了……」

「有什麼好奇怪的？」雪盈好奇的問。

「妳相不相信這個世界上會有集體催眠？」我用手電筒照向樹頂，讓光圈一寸一寸的緩緩移動，仔細的搜尋，一邊輕聲反問她。

「集體催眠？」雪盈撇著嘴說道：「你是說電視裡常提起的，一大堆人同時產生同樣的幻象？說實話，雖然那些激進分子把它吹得神乎其技的，不過我不太信。」

我笑起來：「我也不信。記得有一位很出名的心理學家曾說，每個人的思考方式都不同，腦中的思維波調也不相同，這就造成了兩個人同時陷入同一幻覺或者夢境的可能性，變得微乎其微。如果一個幻象被三個以上的人感覺到，那只能說明一種情況：那三人感覺到的東西確實發生過！」

我低下頭望著她，聲音開始變得乾澀，「呂營曾經信誓旦旦的說，他們那群人在這棵樹下挖掘過，還費力敲開了一層混凝土般的硬物。等第二天，他又來到這裡時，居然發現這棵白樟樹下絲毫沒有被挖掘過的痕跡……對於這些，妳有什麼看法？」

「你不是說人家笨嗎？人笨，哪還會猜得到這麼深奧的問題？」雪盈瞪了我一眼。

「有兩個可能。」見她莫名其妙的又開始賭起氣，我只好自問自答：「一是他們確實挖掘過某個地方，但那個地方絕對不是在這棵樹下邊。二是，他們因為某種理由集體撒謊。」

突然感覺雪盈猛地全身一震，她用力的拉了拉我的外衣，指著頭頂說道：「我覺得他們撒謊的可能性不大，不信你看看上邊。」

我抬起頭，望向手電筒的光圈照亮的地方，茂密的樹枝油綠綠的反射著光芒，在枝葉的深處，隱隱看得到一個不大的藍色袋子。我的喉嚨變得乾燥，神經頓時緊張起來。

和雪盈對視一眼，深深吸了一口氣，我說：「看來，這就是我們今晚的目標了。」將手電筒遞給她，我雙手搓了搓就要往樹上爬去。

「你真要爬？太危險了，這棵樹底下的枝幹又那麼少！」雪盈急起來。

我向上望了望，苦笑道：「我也不想爬，但是今晚不把那袋子拿下來，恐怕我會好長一段時間都睡不著覺。」

不過說實話，這棵樹也真不是普通的難爬。

一般而言，樟樹是分枝很多又矮又臃腫的樹木，但學校裡的這幾棵白樟樹，卻是少有的異類，不但高達二十幾公尺高，而且幾乎沒有任何分枝，筆直的主幹像竹子一般向天空聳立著，遠遠看去幾乎會讓人誤以為是白楊。

但最過分的是，不知道哪個工人這麼缺德，將白樟樹主幹八公尺以下、可以供人容易攀爬的細枝條，都趕盡殺絕，剃了個乾淨，害得我爬起來十分費力，幾乎每往上移動兩公尺，就累得氣喘吁吁，非停下來休息好一陣子。

「喂，小夜，要不要我丟一條毛巾給你擦汗，嗯？」雪盈靠著樹站著，一邊裹緊外套，一邊還不忘奚落我。

我向下狠狠瞪了一眼，輕聲罵道：「把燈給我打好，小心我摔下來壓死妳！」說話的同時，手腳也沒閒著，用力夾著主幹的雙腿使勁一蹬，終於抓到了一根樹幹。

越過那危險的八公尺距離，剩下的地方就相對輕鬆了許多。

又小心翼翼的往上爬了十幾分鐘的樣子，我終於來到了掛著那個藍色袋子的枝幹前，心臟因激動而不斷快速的跳動著，用力咽下一口唾沫，我一把將袋子提到了手裡。身體開始顫抖起來，左手顫抖著擰開小手電筒，我迫不及待的打量起手裡的藍色袋子。

很輕。這是我提起它的第一個感覺。

袋子是用藍色的麻布織成的，從上邊的灰塵和褪色情況看來，應該已經在樹上掛了很長一段時間。

袋子不大，裡邊裝著一個直徑大概有十公分左右的扁圓形物體。用手捏捏，軟軟的，卻感覺不出裡邊到底有什麼。

風中的寒氣越來越濃烈了，樹頂在夏夜的狂風中不停搖晃，幾乎讓我不能站穩。我用隨身帶來的尼龍繩小心的將袋子吊下去，然後也飛快的滑下了樹。

雪盈正蹲著身體，好奇的看著那個布袋，想要將它打開，又覺得它很令人厭惡，只好用食指小心的在袋子上戳了戳，不過像被什麼咬了似的立刻縮回了手。

她皺著眉頭衝我說道：「你認為校園傳說中那具嬰兒的屍體，就在這個噁心的布袋裡？」

「我不覺得自己會有這麼幸運。」我搖搖頭，小心翼翼的將外層的藍色麻布解開，又道：「妳知不知道許多農村都有一個奇怪的風俗？」

「什麼風俗？」

「鄉下有很多人認為生物都有靈魂，如果你殺了豬鴨等等家畜家禽，都應該把牠們的肝臟割下來，用袋子裝著掛到樹上，免得牠們的屍魂來找自己。」一邊將內層的東西拉出來，我一邊講道：「有的地方還會把生下來就死掉的嬰兒的胎盤掛在樹上，用來安魂。他們認為如果不安死嬰的魂魄，那個死嬰就會每晚回到父母身邊，吸食自己親人的陽氣。」

「不要講了，好可怕！」雪盈打量一下四周，不禁打了個冷顫。

我哈哈笑起來：「這些都只是迷信罷了，有什麼好害怕的。」總算解開了最後一個結，我將藍色麻布拉開，露出了裡邊的東西。

是個用大塊灰藍色布料包起來的包袱。我把它展開，一大堆衣服的碎布呈現在了我們眼前。

「這些是什麼？」雪盈驚訝得叫出聲來：「裡邊根本就沒有一根骨頭啊！」

「這些應該是十多年前我們學校的校服。」我用手翻動那些碎布仔細看著，「是女式校服，那個女孩大概有一百六十公分左右。這裡還有內衣的碎塊？嗯，看來她的胸部應該很大……」

感覺頭被人用力敲了一下，我詫異的抬起臉，雪盈氣鼓鼓的瞪著我，「你們男生怎麼都這麼好色！」

「小姐，我只是把自己看到的說出來罷了！」我大叫冤枉。

雪盈哼了一聲，「雖然我和你很熟，但有些話還是不能在一個淑女面前講的。」

「這傢伙不會是在和這堆碎布的主人鬧自卑吧……」我低聲咕嚕著。

將無理取鬧的她丟在腦後，又開始翻看起來。「咦，這是什麼？」細細捏著那團碎布，我偶然發現了一張名片大小的硬紙片，抽出來仔細一看，竟然是張年代極老的名牌。

我頓時激動起來，匆忙移動手電筒的光，想要看清楚上邊的字，突然感覺四周變得十分寂靜。

剛才還在自己耳邊不斷嘀嘀咕咕的雪盈，也不再說話了，她靠在我的背上，全身不斷的顫抖。

「妳怎麼了？」我奇怪的問。

「你聽，好像有嬰兒的哭叫聲。」她害怕得開始哆嗦起來。

我豎起耳朵仔細聽了一陣子，沒有發現任何異常，「哪裡有了？我怎麼聽不到？」話音剛落，有股惡寒便從脊背爬上了頭頂。

腳底，隱隱有一絲微弱的哭喊開始響起，越來越大，是嬰兒的啼哭聲，痛苦的啼哭！

那種尖銳的聲音迴盪在樟樹林裡，似乎引起了每棵樹的共鳴。空洞的哭聲乾澀，帶著強烈的穿透力，即使捂住耳朵也能清楚的聽到，它所帶來的凍徹人心的恐懼。

在恐懼中，理智再也起不了任何作用。

原始的本能讓我從極度的震驚與恐懼中快速清醒，左手一把抓起那個包袱，右手拉住雪盈，用力往林子外狂奔而去。

思緒開始混亂了，一邊跑，我的大腦在努力壓制恐懼之餘，還一邊處理著高速衝入腦中的大量疑惑。

剛才的驚鴻一瞥中，我清楚的記下了那張校牌上留下的信息——

「雪泉鄉第一中學第六十二屆高三三班，周劍。」

看得出來，這是一張高三男生的名牌，雖然不知道他是誰，不過有一點卻很奇怪：在一堆女生的碎衣服裡，為什麼會有一張男生的名牌？這些東西和校園裡的嬰屍傳說直接相關嗎？

感覺似乎自己已經抓住了一些東西，但是卻無法明確的將它歸納成一條有效的線索。

隱隱覺得，那個在校園裡流傳了十多年之久的傳說，似乎，有些劇情被扭曲了……

# 第九章 墳墓

「小夜，我查到了！」

第二天下午，陽光明媚，炫烈的陽光從窗外直射到課桌上，讓人懶洋洋的想要睡覺。雪盈一陣風般衝進教室，顧不上擦去滿頭汗水，神情激動的將一堆資料丟到我的桌上。

「這是什麼？」我漫不經心的翻了幾頁，抬頭問她。

雪盈瞪了我一眼，「這是人家辛辛苦苦從學校的資料室裡找到的學生檔案，我查到十到十五年以前，讀高三而又叫做李萍的，一共有七個人。」

這小妮子竟然還在和自己賭氣……我哭笑不得的用手慢慢敲著桌面，沉聲問：「那妳有沒有查到，學校傳說裡的那個李萍是哪屆的學生？」

「這還不簡單？」雪盈氣乎乎的說：「學校傳說裡不是有提到過，在十多年前……」她的聲音漸漸低下去，又在腦中苦苦回想了好一陣子，才恍然大悟的高聲道：「對了！學校傳說裡，只說是十多年前有個叫李萍的高三女生，被校長的兒子強暴了。搞了半天，我們根本就不知道她是哪屆的學生！」

「其實要想弄清楚傳說裡的那個李萍到底是屬於哪屆，並不是不可能，去查學校的畢業生動向紀錄就好了。資料室裡應該有。」我透過左邊的窗戶往樓下望去。

「畢業生動向紀錄？那是什麼東西？」雪盈好奇的問。

「高三生對每個學校都只有一個用處，就是看誰誰考上了哪所知名大學，自己的升學率有多高等等，這些都可以用來往自己的臉上貼金。我們的學校本來就勢利，應該會對這方面有詳細的記載。去查查二十年前到十年前所有叫李萍的人畢業後的動向，如果誰沒有的話，那就應該是妳要找的那一位了。」

「原來還有這種辦法……」雪盈用手撐住頭，古怪的看著我：「小夜，你真的只有十五歲嗎？竟然會懂那麼多我根本就不可能想像到的東西……」

太誇張！我懶得理她，用手指了指窗外，「妳有沒有看到，荷花池旁邊那個大概有三十歲的歐吉桑？那傢伙已經待在那裡抽了一個多小時的菸了！」

「他抽煙又沒礙著你，管那麼多幹什麼？」雪盈瞟了他一眼，不屑的說。

「但是他好像很緊張的樣子，而且老往這個教室看。」我托著下巴思忖道。那個男人似乎察覺到我正在打量他，慌忙將手裡還沒滅掉的菸頭，隨手丟在一株枝葉已經開始枯萎的針葉松上，快步走開了。

「糟糕！」我立刻站起身衝出教室朝樓下跑去，邊跑邊衝雪盈喊道：「快叫男生每人手提一個水桶到那棵松樹去，希望那個菸頭不要引起火災才好！」

沒幾分鐘，大火「轟」的一聲燃燒起來，越燒越烈。針葉松的枝幹裡原本就含油量極大，再加上火焰被風一吹，立刻更為熾烈了。

周圍的樹一棵又一棵不斷被捲襲進頑劣的大火裡，縱使我們不斷的潑水過去，火勢也不見有絲毫的減弱。

好不容易熬到消防局的消防車開來，被火逼迫得手忙腳亂的我們才鬆了一口氣。

「那個絲毫沒有公德心的傢伙，到底是誰啊？」我皺著眉頭氣惱的問。

站在身旁的狗熊往操場望了一眼，低聲說：「那個人叫鍾道，是我們現任校長的兒子。」

「啊，那個人就是學校傳說裡的男主角，強姦了李萍的那個？」雪盈睜大眼睛氣憤的說：「那傢伙從監獄裡出來後，根本就沒有改邪歸正，看看他剛才沒品的行為就知道了。這種人應該被判處終身監禁，免得放出來又害人。」

「嗯？原來他就是鍾道……」我拖著下巴思忖著，將腦中積累的關於他的資料飛快回憶了一次。

這個看起來膽小怕事頹廢懦弱的傢伙，似乎和校園傳說裡窮兇惡極、霸道無恥的形象，有些不符合。難道是因為關在監獄裡，將他的膽量與氣質都磨得變樣了？

不經意的抬起頭，偶然看到狗熊飛快的向張聞打了個古怪眼色，然後他用力拍著我的肩膀說：「小夜，最近在忙什麼？一下課你就不見了，找也找不到。」

「我在和雪盈一起備考。」我警戒的說。

「小夜，悄悄告訴你一件事。」張聞也靠了過來，他露出自己招牌式的獻媚笑容，小心的看看四周，才衝我說道：「昨天我在操場的工地那裡，發現了個有趣的東西。今晚有空嗎？我們幾個一起去瞧瞧。」

「我沒空。」斬釘截鐵的搖頭，這個傢伙，我才不信他會發現什麼有趣的東西。

張聞不死心的又湊到我耳邊輕聲道：「你不去一定會後悔的。那東西真的很有趣，今天晚上九點，等放了晚自習以後，我、你、狗熊還有雪盈，我們四個到古亭底下集合。到時候絕對不會讓你失望！」

「哼，我絕對不會去。」看他又想強人所難，我不耐煩的就要走開。

「是墓穴，很大的墓穴！」張聞在我身後神秘的叫道：「那個墓穴還沒有任何人進去過，小夜，或許裡邊會有大量的寶藏……」

靠！這兩個莫名其妙的傢伙，果然是怪胎。

我不貪財，當然也相當清楚，和張聞以及狗熊一夥人在一起，絕對不會遇到好事。不久前與他們玩碟仙遊戲，這幾個傢伙丟下我和雪盈不顧，就是最好的證明。

那件事使我充分的認識了他們的本性。他們自私，從不管別人的死活，而且又膽小。每次想要幹什麼危險的事情，就想起了人海原則，希望可以多拉幾個人一起下水，要死也有人陪葬。

雖然我也不算是好人，但是對他們這種人，卻有說不出來的厭惡。

不過那天晚上，我終究還是和雪盈一起去了和他們約好的地方。

「你真的相信張聞和狗熊發現的墓穴裡會有寶藏？」雪盈對我會無聊的跟他們去瘋大惑不解。

我看著她黑白分明的大眼睛，笑道：「妳相信他們會把手到擒來的好處，主動拿出來和我們分享嗎？」

「不信。」雪盈毫不猶豫的搖頭，又疑惑的問：「那你為什麼還去？」

我抬起頭望了望黯淡無光的天空，深吸口氣答道：「還記得幾天前我們請過的碟仙嗎？那個碟子在我們的手離開後，依然在動。第二天我就告訴過妳，說它似乎想要對我們傳遞一個資訊，一個和『在水邊』這三個關鍵字有所關聯的資訊。我苦思了很久，但最後還是古亭的地基啟發了我。」

「地基？」雪盈滿臉迷惑：「那個毫不起眼的東西，有什麼值得注意的地方？」

「當然有。」我一邊回憶，一邊慢慢說道：「古亭據說是嘉慶年間就建好的，距今有大概一百六十多年的歷史。而這所學校是七十多年前修成的，古亭作為鎮上的文物和學校的風景線，為了保持它的原汁原味，從來就是按照它的原貌保存著，就算學校裡有任何大的工事變動，也儘量不觸及這座古亭。

「也就是說，這一百六十年來，古亭以及附近的一草一木都沒有過改變。那也就是說隆起古亭的地基，也是當時的產物，並不是之後才加上去的。」

「你到底想要告訴我什麼，我怎麼都聽不懂？」雪盈一頭霧水。

我苦惱的撓撓頭道：「簡單來說，妳覺不覺得修建地基用的材料很奇怪？」

雪盈用食指按住嘴唇想了一會兒，然後誠實的搖頭。

我繼續解釋道：「修葺古亭地基的東西，用的全都是大塊的黑岩石和黃黏土，這是當時附近最常用在水壩和河堤上的材料。清朝人很迷信，一般都不會用這些來修築休息用的亭子。除非……」

「除非這座亭子是在河邊！」雪盈總算明白了我的意思，她全身一震，緩緩的轉過頭來，用恐懼的眼神望著我，「你是說，那個碟仙想要告訴我們的，就是這個資訊？」

「不錯。」我點頭，說道：「八卦圖文紙上是沒有『河』這個字的。『在水邊』的意思，我想應該更偏向於『在河邊』才對。」

「不對！」雪盈突然想到了什麼，問我：「如果要說亭子下邊從前是一條河，那麼現在這條河又到哪去了？亭子的堤那麼高，相對的河應該也不會太小才對。」

「我不知道。」我搖著頭說：「就因為不知道，我才不願意放過任何一條線索。

張聞的發現如果不是騙人的話，說不定就是一條重要的線索！」

沒錯。古亭的下邊就是學校的操場，如果我的猜測沒錯的話，那麼在一百六十多年前，這個操場所在的位置應該是條大河。

我不知道前幾天請來的碟仙，到底想要對我們傳遞怎樣的資訊，不過我敢確定，那個資訊一定和從前的大河有著千絲萬縷的聯繫。

如果張聞真在操場上發現了一個墓穴，那這個墓穴，至少也應該有相當長的歷史了。或許我可以在裡邊找到大量可以解開令自己感到困惑的疑問……

□

「那個墓穴是我昨天下午偶然發現的。最近學校準備在操場的北邊，蓋一棟新的學生宿舍，所以附近的地都被封了起來，而且已經挖出了三公尺深的地基。昨天無聊，我就一個人偷跑進工地去，想要四處溜達一下，沒想到，沒多久便在地上發現了個十分有趣的東西。」

張聞走在前邊幫我們帶路，嘴裡不停的說著自己昨天的偉大冒險經歷：「你們猜那是什麼？哈，居然是個已經被水泡成醬色的人類頭蓋骨！

「但是當時我並不知道，還以為是化學實驗室裡用舊了的防毒面具，便一腳踩了上去。沒想到一踩它就碎掉了，我這才意識到那似乎並不是塑膠製品，於是我開始仔細的打量起四周，竟然發現，不遠處的地上，散亂的棄置著許多塊已經被敲成碎片的棺木……

「而在那些棺木附近，更有一個大坑，一個長大概有五公尺，寬有三公尺多的長方形坑洞。由於洞裡積滿了深褐色的污水，我判斷不出它的深度。不過情況已經相當清楚了：那坑洞一定是個墳墓，而工地的工人偶然挖出了它，然後將裡邊的棺材抬了出來，希望能找到一些陪葬品。」

張聞轉過頭看了我一眼，問道：「小夜，你有沒有聽過這個鎮流傳很廣的傳說？一個關於陳家寶藏的傳說？」

「陳家寶藏！」我驚訝得幾乎叫出聲來：「你們認為那個墓穴和陳家寶藏有關？」

「沒錯。我和張聞討論過，也去圖書館查了許多相關的書籍，最後認為這種可能性很大。」狗熊插話說道。

「不可能！陳家墓穴應該是離這個鎮四十多公里遠的魚梟遺址那一帶。」我大搖其頭，堅決否定了他倆的判斷。

「陳家寶藏是什麼東西啊？」雪盈掐了掐我的胳膊，好奇的問。

我沒好氣的瞪了她一眼，揉著被掐痛的地方，粗聲粗氣解釋道：「孤陋寡聞……陳家是清朝康熙年間這一帶富中一方的豪門，而陳老爺子更是當時的傳奇人物。據說他靠著幫人占卜問卦，白手起家，積累了一些資本後開始做投機買賣。

「但奇的是，只要他大量買進什麼東西，不久後那樣東西就會短缺，然後陳老爺子便趁機高價拋出，賺虧心錢。這種生意賺錢當然是最快的，沒多久，那老頭就搖身一變，成了當地最有名的富商。

「然後他便和官衙鄉紳勾結，暗地裡開始放高利貸，從事走私販賣私鹽。總之是什麼賺錢就做什麼，據說到後來，他的錢多得都堆到了院子裡，最後甚至將府邸所有客廳和臥室的地板，都換成了黃金。」

「寶藏呢？你講故事怎麼老喜歡吊人胃口？」雪盈撇著嘴打斷了我。

「有點耐心好不好！」我不滿的伸手就要捏她的鼻子，卻被她靈敏的躲開了。

「那個老不死幹了大半輩子的壞勾當。妳要知道，越有錢、越會享樂的人越害怕死，陳老爺子當然也不例外，他希望能將自己奢侈的生活，一併帶到另一個世界，於是在魚鳧遺址附近花鉅資修了個極大的墳墓，將他搜刮的大量價值連城的珠寶古玩，全都放了進去。

「在自己的墳墓修好的當天，陳老爺子隱約感覺自己大限已到，於是獨個兒走進墓穴，放下千年石，將自己關在了裡邊。

「在其後的兩百多年間，許多人都去找過他的墳墓，但是每個人都空手而歸。漸漸的，陳老爺子的墳墓就被附近的居民大肆渲染，鋪上了一層神秘的色彩，最後就變成了現在所謂的陳家寶藏。」

「怪了。」雪盈故意學我思索時喜歡托著下巴的樣子，衝我刁難道：「既然陳老爺子是花費鉅資，修建大墳，那就一定請了大量的工人，也就意味著，有許多人都知道他的墳墓位置。那為什麼後人卻沒有一個能確認他的墓穴在哪裡呢？難道是陳老爺子將修建墳墓的人全都殺掉了？」

「問得好！」我衝她又是拍手又是鼓掌，「妳這個問題值十萬美元。史學界在三年前便懸賞八十萬人民幣，希望有人能解答這個問題，不過直到現在，似乎都沒有任何人去揭榜。於是他們決定無限期的將懸賞延續下去，直到找到答案為止。」

雪盈看了一眼正豎著耳朵聽我倆談話的張聞和狗熊，低聲問：「小夜的好奇心那麼重，對這種奇怪的事情不會沒有調查過吧？我要知道你的想法。」

「妳什麼時候變得這麼瞭解我了？」我苦笑道：「不過關於陳老爺子的事情，我的確是有查過大量相關的資料，民間也流傳許多有關他的傳說。當時很多人都偏向認為陳老爺子有神靈庇佑，懂得法術。

「有些史料記載過一些修建陳家墓穴的民工事後的描述，那些人全都異口同聲的說，在陳老爺子進入墓穴的前一晚，曾經把所有相關的人聚集起來，親手為每人倒了一碗清酒。民工們喝了以後，頓時被睡意籠罩，一個個全倒在了地上。第二天一早醒來後，關於墓穴的所有記憶，全部都莫名其妙的就這樣消失掉了。」

「被你這麼一說，我也有些開始相信陳老爺子會法術了。」雪盈困惑的笑起來。

我點點頭，唬她道：「從許多跡象看來，那老不死說不定真的有特異功力。」伸出手用力拉了拉在前邊一邊走、一邊凝神聽著我的故事的張聞，我問道：「既然你們懷疑那個墓穴就是陳家寶藏，那麼應該發現了什麼證據才對吧。」

「果然瞞不過你。」見我居然對陳家寶藏的事情知道得那麼清楚，狗熊和張聞似乎這才下了決心，要和我坦誠相待，張聞笑道：「我找到了一個決定性的證據。」說著，他將身上的背包取下來，抽出了裡邊的東西遞過來給我。

那是一塊三十幾公分左右的棺材木碎塊，木質應該很好，看得出是在水裡浸泡過相當長的歷史，表面都開始腐壞起來，但腐壞得並不是很嚴重。

「應該是楠木。」我掐下一點碎末湊近鼻子聞了聞，只感到一股惡臭，噁心得我差些吐出來。

碎塊的右下角隱約刻有一些文字，我拿過手電筒仔細辨認著。

「是個『陳』字！」好奇的湊過頭來的雪盈，驚訝得叫出聲來。

「不錯，是個『陳』字。」我用手摸了摸那個字，卻絲毫高興不起來。

雪盈沒有注意到我的臉色，她興奮得幾乎要跳了起來，「這麼說，張聞，你發現的那個墳墓真的有可能是陳家的寶藏？」

「沒錯！我想我們幾個就要發大財了！」張聞滿臉憧憬的說：「想一想，有錢後，可以幹多少事情？我根本就不用再上學，每天都可以玩，然後消磨自己用都用不完的時間！小夜，你呢，有錢以後準備怎麼花？」

我皺緊眉頭，唐突的停下腳步，「我不去了，我要回宿舍睡覺。」

雪盈、張聞以及狗熊頓時吃驚的向我望來。

「小夜，你是怎麼了？」狗熊極為不滿的提高了音量。

我冷笑著搖搖頭，一聲不吭的轉身就朝回走，丟下他們三人一臉錯愕的呆站在原地。

走了不久，有人快步從後邊追了過來，是雪盈。

「小夜，你到底是怎麼了？你是不是討厭那個陳老爺子的為人，不願意要他的寶藏？」她氣喘吁吁的拉著我的手臂問個不停。

「妳上次的歷史考試得了多少分？」我反問道。

「滿分啊。」雪盈又一頭霧水，完全猜不到自己的歷史分數，和現在的事情有什麼聯繫。

「那麼妳應該知道清朝康熙年間的字，民間慣用的是篆體吧。哼，但是刻在棺材木上的字，卻是宋體。」

我轉頭看著她，緩緩的繼續說著：「而且那上邊的字，也不像是兩百六十多年前刻上去的，雖然眼睛看不出來，但是用手摸的話，很容易分辨得出，那個字應該是新近的傑作。因為字刻出的痕跡裡，根本就沒有任何腐爛的跡象。」

「你的意思是……這是某個人故意安排的陷阱？」雪盈吃了一驚。

「或許吧。」我沉聲道：「小心能駛萬年船，妳不覺得今晚張聞和狗熊兩個人特別焦躁不安嗎？他們絕對有問題，就算那個字不是他們刻的，他們也應該知道一些內情。總之，我絕對不相信，他倆對那個棺材木碎片上的『陳』字是假造的這件事，一無所知！」

「那他們想幹什麼？」雪盈苦惱的思忖著，突然滿臉恐懼的緊緊盯著我：「難道他們想……不對，不可能。」她用力的搖頭，似乎想要甩開腦中的念頭。

「也對，他們到底想要幹什麼呢？」我喃喃自語著，絲毫沒有注意到雪盈那一連串古怪的舉動。

最近一個星期裡，確實發生了太多匪夷所思的事情，每件事都給我留下了一大堆難以理解、完全讓人抓不住頭緒的疑問。

那個碟仙、鴨子的失蹤、呂營的故事、午夜古亭附近傳出的嬰兒的啼哭，以及昨晚我從樹上拿下的一大堆衣服碎片，和那張叫周劍的高三男生的名牌……這一切的一切都充斥在腦中，不斷堵塞和消耗著我大量的腦細胞。

我感覺，似乎自己的整個生活都開始亂套起來。而思緒，更如理不清的亂麻般糾纏著，越來越混亂了……

# 第十章 迷惑

「小夜，我查到了！」又是個陽光炫熱得讓人煩惱的下午，雪盈如同一陣風般，飛快飄了進來。

她見我無所事事的趴在課桌上睡安穩覺，便理所當然的扯著我的頭髮，一邊在耳畔嘀嘀咕咕發出噪音，直到我被吵得猛抬起頭怒視她。

「小夜，我查到這二十年來，唯一一個沒有畢業動向紀錄的李萍，是哪屆的學生了！」她衝我露出迷人可愛的笑臉，長長的睫毛在我的視線前五公分遠的距離，我幾乎可以感到她急促的呼吸所帶來的一陣如蘭馨香。

我懶洋洋的用手將頭撐起來，「說來聽聽。」

「是十三年前，高三三班的那個叫李萍的女生。你看，我連她的所有紀錄都一起從資料室裡偷了出來。」雪盈滿臉興奮的向我邀功。

我頓感頭大起來，雪盈這小妮子，沒想到平常隱藏在她做作的文靜面具下的面貌，竟然這麼狂野。唉，不會是自己無意間把她給帶壞了吧？

「十三年前，那應該是哪一屆才對？」我嘀咕著問雪盈：「我們班現在是哪屆？」

「你睡糊塗了吧？」雪盈伸出纖細小巧的右手，使勁拉著我的臉皮：「我們的班導萬閻王每次發飆的時候，都會語重心長、恨鐵不成鋼的提醒我們，不要給七十五屆丟臉的說。」

我不耐煩的一把將她的手抓住，點頭道：「七十五減去十三，那傳說裡的事情，應該是發生在第六十二屆的時候，也就是說，那個李萍是第六十二屆高三三班的學生了！嗯，六十二屆……」

六十二屆……

那個名牌！我猛地轉身拿過書包，將裡邊的東西統統倒在了課桌上。「妳看這張名牌。」

我把那張前天在白樟樹上找到的藍色袋子裡的名牌，遞給雪盈，聲音激動而顫抖：「雪泉鄉第一中學第六十二屆高三三班，這張名牌是和那個被強姦了的李萍同一屆、同一班的，一個叫做周劍的男生所有的。但是很奇怪，為什麼它會在一堆校服的碎片裡？」

雪盈震驚的望著我，突然「啊」的一聲站了起來，「你說，那堆碎布會不會是屬於李萍的？校長的兒子強姦她時，被這個叫周劍的男生遇到了，然後他將這周劍殺了滅口。但是由於某件事，使得校長的兒子不得不將他的名牌，與李萍身上被扯壞的校服和內衣，一起包裹起來，掛在那株白樟樹上？」

「那究竟要發生什麼事，才能讓校長的兒子這麼做？」我思忖這件事的可能性，最後搖搖頭，反問道。

「人家怎麼可能知道。」雪盈不滿的嘟起嘴。

「那就去查好了！去查查周劍有沒有畢業動向紀錄，查到後，妳的猜測就會一目了然了。」我將她從學校資料室裡偷回來的資料丟還給她，又說道：「把這些還回去，不要讓人發現了。」

真是一波未平一波又起，雖然線索在不斷的湧現，但這卻僅僅為我帶來了更多的疑惑。我抬起頭，猛地問正要轉身離開的雪盈：「喂，妳對那個傳說知道多少？」

雪盈轉回頭，思索了一會兒，答道：「絕對不會比你知道的更多。」

「那妳覺不覺得，傳說裡邊有很多地方都自相矛盾？」

「不會啊，我覺得很順理成章。」

「是嗎？那就奇怪了。」我站起身懶洋洋的伸了個懶腰，思緒卻更加靈敏的將整件事回憶了一遍。

不對，學校的那個傳說，一定有什麼地方被扭曲了……

□

毫無頭緒。最近發生的所有事情，都讓我感到疑惑。

為了將亂麻一般的線索找出聯繫，我在紙上用整個下午課的時間，慢慢的按照先後順序，把所有的怪異事件都列了出來。

首先是九天前，我、雪盈、張聞、鴨子和狗熊一起玩了碟仙的遊戲。

第二天晚上，鴨子被一群國一生騙去了亭子附近的樟樹林，挖嬰兒的屍體，然後就此失蹤了。

到五天前的時候，我左敲右擊，讓國一生的老大呂營向我講述了那晚發生過的詭異事情，然後我懷疑鴨子有雙胞胎兄弟，但被雪盈否定了，她堅持鴨子是被鬼上了身。

當天下午，為了找出學校那條古怪的第三十六條校規的來源，我和雪盈一起潛進了學校的資料室，並用計讓我們的班導萬閻王說出了九年前發生在徐許、張秀、王文和李芸這四個女生身上的慘事。

這幾個女生和我們一樣也玩過碟仙遊戲，其後其中的一個女生李芸瘋掉了，她殘忍的將其他三個女生殺掉，然後自己也跳樓自殺了。

在我們玩過碟仙後的第六天，我和雪盈夜探樟樹林，從一株白樟樹上拿下一個老舊的袋子，並在裡邊找到了一堆被撕碎的女式校服，和一張屬於第六十二屆高三三班周劍的男生的名牌。

直到今天我才曉得，原來這個周劍，居然和十三年前那個校園傳說中，被校長的兒子強姦了的高三女生李萍是同學。

周劍和李萍，他們會不會不僅僅只是同學關係呢？

還有，為什麼周劍的名牌會混在那堆碎布中，還被高高的掛在白樟樹頂端？而那堆被撕碎的校服，會不會是李萍的呢？

越想，越讓我頭痛。

我用力的甩動腦袋，突然有個想法唐突的衝入了腦海，我不由得全身一震，猛地從自己的座位上站了起來。

「夜不語，你又想搞什麼鬼？」

該死—自己完全忽略了，現在還在上課中！而且，還是那個又嚴肅又狗屁的萬閻王的課！「我肚子痛！」靈機一動，我捂著肚子大做痛苦狀。

萬閻王狐疑的看著我，最後才不乾不脆的說道：「那你去醫務室躺一躺。」

我做出很不情願的樣子，步履蹣跚的一邊走出教室，一邊暗中給雪盈打了個眼色。

「萬老師，我陪夜不語同學一起去，免得他半路出什麼意外。」雪盈機靈的快步走過來攙扶住我，也不管萬閻王願不願意，和我一溜煙走掉了。

「這次又要我和你去做什麼有趣的勾當？」走下教學樓，雪盈這才放開還在裝腔作勢的我，衝我眨巴著大眼睛。

「什麼勾當，說得真難聽，這次可是正經事！」我從兜裡掏出鉛筆和幾張薄紙說道：「我們先偷溜上古亭，然後我再解釋給妳聽。」

「去古亭？」雪盈停住腳步，為難的問：「現在可是白天啊，有那幫高年級的學長學姐守著，我們哪上得去？」

我不屑的搖搖頭，「妳消息太慢了。最近幾天高中部有地獄式的突擊考，我們那些學長學姐哪有空到古亭裡談情說愛？動作快一點，今天下午需要查的線索還有很多。」說罷，一把拉過她的手小跑起來。

不出所料，亭子那裡果然沒有半個人。我撥開萬年青，將前晚雪盈在柱子上發現的那行字，小心的用鉛筆在紙上臨摹下來。

「我不要離開他，我不要他變心，就算死，我也要永生永世的愛著……雪泉鄉第一中學，李萍留。」我看著紙上的臨摹，輕聲唸道。

雪盈詫異的看著我一連串的動作，撇著嘴，帶著辛辣的味道諷刺：「前晚你不是才說過，這行字什麼也說明不了嗎？現在幹嘛又要把它臨摹下來？」

「人的觀念是會變的嘛。」我心不在焉的答，懶得在意她的挖苦，急急忙忙的抓過她的手就往回走，「現在我們立刻去學校資料室查幾樣東西！」

熟門熟道，用風馳電掣的速度，偷溜進了學校的資料室裡，我開始向雪盈分配任務。

「我去找李萍的入學表格，妳幫忙查一下周劍的畢業動向紀錄，找到後立刻拿來給我。」我走到放有學生資料的櫃子前翻找起來，頭也不回的囑咐道。

「那個……」雪盈小心翼翼的用手指戳了戳我的背，不好意思的說道：「李萍的入學表格在今天早晨被我不小心借去了，現在正舒服的躺在我的課桌裡。」

「妳怎麼不早說——」我頓時大為惱怒。

雪盈委屈的看著我，嘟著嘴，恨恨說道：「人家明明有對你講過，人家說李萍的所有紀錄，都一起被我從資料室裡借了出來，還遞給你看，沒想到你看都不看一眼就丟還給了我，現在還好意思說我不對！」

「好，好。這次是我不對！是我錯了！」我頭大的嘆口氣，急忙岔開話題：「那周劍的畢業動向紀錄呢？妳有沒有去找過？」

「那東西現在也躺在我的課桌裡。人家可是聽了你的話，蹺課去找出來的！」

「切！白跑了一趟。」我不爽的嘖嘖說道：「收工了，打道回府。」

又風馳電掣趕回教室，好不容易，總算把我要的那兩份文件給拿到了。

我立刻翻開李萍的入學表格，拿出從柱子上臨摹下來的那行字，慢慢比對著。

「你究竟想要做什麼？」雪盈百無聊賴的坐在我身邊，用手撐著頭，望著我專心致志的臉，最後忍不住好奇的問。

我深吸一口氣，抬起頭來反問：「妳懂得筆跡心理學嗎？」

「層次太高了，聽都沒聽說過。」雪盈大搖其頭。

我淡然一笑，解釋道：「那是一種透過觀察寫字者的筆跡，來測量其人格、能力及其他心理特徵的有效方法。據說，有些專家可以從一個字裡，判斷出寫字者當時的心理狀況，甚至看出那個人有沒有自殺傾向。」

「你懂嗎？」雪盈偏過頭問。

我搖搖頭，苦笑道：「很麻煩，我也不懂。」

她頓時「噗哧」一聲捂嘴笑起來，咯咯的笑了好一陣子，才喘著氣說道：「好搞笑。小夜把它說得神乎其神的，我還以為你是個中高手呢！」

「雖然我不懂筆跡心理學，不過簡單的筆跡分析還是會一點點。」我將李萍的入學表格，和從柱子上臨摹下來的那行字，推到她面前說道：「仔細看看這兩種筆跡，特別是要多注意兩種『李萍』的寫法，它們給妳的第一印象是什麼？」

「看不出來。入學表格裡的字體都偏清秀，不過刻在柱子上的字卻很呆板，不像是同一個人寫的。」雪盈止住笑，凝神看起來。

我搖頭，分別用兩根食指指著不同的兩個「李萍」說道：「刻在柱子上的字當然會顯得呆板，筆劃也失去了均勻性。不過妳發現沒有，這兩種字體都是略微向右傾斜的，而且那個『萍』字的最後一豎，更是像把刀一樣。

「雖然這兩個細節中的其中一個任誰都有，不過聯繫起來想，有這麼兩個人，她倆寫出的字同時都有這兩種風格，而且她們偏偏都叫做李萍，還要就讀在同一所學校裡，我想，出現這種偶然的可能性，幾乎微乎其微，甚至是可以忽略不計。」

雪盈一時沒能明白我的意思，她呆呆的看著我，突然「啊」的一聲站起身來，高聲說道：「你是說，那個在古亭的柱子上刻字的李萍，就是十三年前在校園傳說中，被校長的兒子強姦了的李萍？我前晚的判斷是百分之百正確的！」

「我想應該沒錯。」我托著下巴思忖著，卻又不禁苦笑起來。

令自己困惑的疑問又增加了。

「我不要離開他，我不要他變心，就算死，我也要永生永世的愛著……」十三年前，李萍在柱子上刻下了自己的禱告。很明顯，她還刻下了那個讓她刻骨銘心，自己深愛著的男孩的名字。但是其後到底是誰，又是出於什麼原因，將那個名字用力刮掉了呢？

從李萍刻下的那段話中看得出來，她的戀情已經有了威脅，甚至處於崩潰階段。

原因，是因為她愛的人喜歡上了別人。

那麼，這段三角戀最後的結果又是怎樣？難道是因為校長的兒子鍾道強姦了她，使戀情最後無疾而終？

突然感覺李萍愛上的人會不會是周劍？如果是的話，那這一切就變得比較簡單了。

因為大量的訊息無法處理，而想要發發悶氣的時候，狗熊和張聞走了過來。

「小夜，今天晚上十點半，你和雪盈可以來這個教室嗎？我們有事要告訴你們，是關於鴨子的事。」張聞臉現古怪又笑嘻嘻的衝我說道。

我和雪盈對望了一眼，都一副覺得「這兩個傢伙又要搞什麼鬼」的表情，只好點了點頭。

# 第十一章 另一個方法

我有非常旺盛的好奇心，這是周圍的人對我的第一個印象。

當然，我也總是被這種好奇心弄到幾乎送命的地步。但是沒想到，自己的命倒也挺硬，居然還能活到現在。

那晚的十點，我好不容易在管理員的眼皮下溜出來。但沒想到一走出宿舍就碰到了雪盈，她背靠著欄杆像在等誰。

「在等我嗎？」我悄悄的繞到她背後，很突然的叫了一聲。

「嘻嘻，你嚇不到我的。」她笑著轉頭望著我，「我早就看到你了。」

「那我又做了一次傻瓜了。」我裝出無可奈何的樣子說。

她搖搖頭道：「我怕一個人到教室去，一起走吧。」

我嗯了一聲，和她順著那條老路向前走。

今晚的路似乎與往常不太一樣，仔細一看，兩旁竟掛滿了霓虹彩燈。

「真不知是上頭的哪個又要下來檢查了，學校這麼大費周章、不惜成本的拚命佈置。」我嘆道。

「對呀。」雪盈皺皺眉頭，「每隔不久，都要這樣裝飾一新來應付檢查，又是什麼全國先進學校、什麼全國衛生範例學校……每年學校在這上面還真花了不少錢。」

我哼了一聲道：「還不是羊毛出在羊身上，每年國家撥給學校的經費那麼少，但又要應付上頭，又要自身力求發展，哪兒來的錢？還不是剝削我們。」

「嗯……」她若有所思，突然噗哧一聲笑出來。

「怎麼了？」我好奇的問。

雪盈卻說道：「今天的夜不語同學還真是親切。」

「難道平時我就是一副兇神惡煞的鬼樣子？」我也笑了。

「嗯，不。平時的小夜總是一副孤傲的樣子，讓人很難接近。」

我很難以接近！

天，一直以來，我都以為難以接近的是他們，怎麼現在竟變成了自己？唉，太可笑了！我的笑變成了苦笑，沒有言語，轉頭欣賞起滿路的彩燈來。

總之，這些也是從我們身上來的，不看白不看。

「小夜，你看！燈越來越亮了，好漂亮！」雪盈一邊走，一邊充滿驚喜的對我說著。

咦，但我怎麼反而覺得燈在不斷變暗？

正在苦想時，突然被她挽住了我的胳膊，雪盈臉一紅，輕聲說道：「從前我常常幻想以後的生活。嗯……一定會是多姿多彩、而又平凡無奇吧。要有一個愛自己的老公，一個小但是溫暖舒適的小家庭，一群可愛的小孩。

「嘻，小夜喜歡男孩還是女孩？算了，男孩女孩都要。當他們在小屋外玩耍時，我就到屋裡做飯。等到老公回來，再把頭伸到窗外去，衝孩子們喊道：『喂，小乖乖們，把爪子洗乾淨，吃飯了……』啊哈！這有多浪漫啊！」

天！她不過才十五歲吧，現在的女孩還真早熟！

不過，她的夢想為什麼把無辜的我也拉進去了？

四周，燈更加暗了，我不由得打了個冷顫。

身旁的雪盈卻叫著：「又更亮了，哈，腳下都印出了金燦燦的光，可能是一種螢光粉吧？這次學校還真是不惜血本。哎呀，太亮了，害我都張不開眼睛了。」她把我挽得更緊了。

但在我眼中，卻是燈光一閃，轉而就陷入了似無邊的黑暗。

難道又遇到了不乾淨的東西？

沒等眼睛適應黑暗，我下意識的拉起雪盈的手一陣狂奔。還好教學大樓不太遠，我很快便看到了那裡的燈光。

「怎麼了？」雪盈氣喘吁吁的問。

我不願引起她的恐慌，自然沒有提到剛才的事。

教室的門是開著的，看來那兩個傢伙已經到了。

我們走了進去，看到狗熊一個人背對著門，坐在教室的正中央。他的身前合併的排了兩張桌子，桌上點著蠟燭，擺著八卦圖文紙和一個碟子，一如不久前我們五個請碟仙時一樣，只是氣氛更為陰森恐怖。

「狗熊……東西都準備齊了吧？」我試探著問。

他沒有回答，只是靜靜的坐著。

我難堪的等了一會兒，見他始終不開口，便走了過去。

「你對鴨子的失蹤怎麼看？」他突然緩緩的問。

我停下腳步，認真的想了想道：「沒什麼頭緒。但應該是和那個傳說有關。」

「那你有沒有想過，這可能是和我們請碟仙有關？我們沒有將它送回去，所以他被碟仙殺死了。而下一個……說不定就是我們的其中一個。」

「應該不會吧……你們不是說它是仙嗎？！」不知為何，我的聲音微微發著顫。

「別傻了！」他沙啞的笑起來：「你沒發現嗎，咒語中，什麼快從深夜的彼岸來到我身邊，什麼快從寒冷的地底起來，穿過黑暗，越過河川……仙會這樣嗎？我們是在請鬼！請碟仙就是在請鬼！」

請碟仙便是請鬼，這我並不是不知道，而鴨子的失蹤和碟仙的聯繫，我也並不是沒想過，只是下意識的不願去多想。

就像一個玩火的孩子，點燃火柴後，因恐慌而將它丟在滿是易燃物的地上，不去撲滅它，也不去計較後果，只是一廂情願的，要自己相信一個臨時編出來的所謂的事實……

「那，我們該怎麼辦？」玩火的小孩終究是要醒的。

「其實還有一個方法可以將碟仙送回去。」

「真的？是什麼方法？」雪盈好奇的問。

「讓請到它的人再請它一次，然後將它順利的送回去，就這麼簡單。」

「我不要！」雪盈叫了起來：「這叫哪門子的簡單？那麼恐怖的經驗，一次就夠我終身受用了！」看來她是真的怕了這種東西。

「這由不得妳！小夜呢？也不願意？」他衝雪盈吼了一聲，然後又對我問道，但始終沒有回頭看過。

我的腦子裡一片混亂，那種不祥的感覺縈繞在全身，似乎比在路上更加濃密。

「好吧，我答應再請一次。」在思考了一番後，我這麼說道。

不管怎樣，如果鴨子的失蹤真的和請碟仙有關，那麼就把那玩意兒送回去吧。我不願再有這種事發生了，雖然我對他們並沒有什麼太多的好感。

「小夜！」雪盈嚷道。

「不會有事的。」我淡淡的道。

她嘆了口氣：「好吧，既然你都這麼說了。」

「那麼開始吧。」狗熊站起身來，直到現在我才看到了他的臉。那是張滿懷不安的臉，似乎急切的等待著什麼的到來，又像是在擔心和驚怕。還真是複雜。

他見我滿懷狐疑的注視著自己，不由得轉過臉去。

奇怪，難道這次請碟仙有什麼不可告人的內幕？不然他為什麼會這麼作賊心虛？我突然後悔起自己答應得那麼不經思索。

這時，雪盈碰了我一下，在我耳邊輕輕說：「答應我你會保護我，就像上次一樣。」

「我會的。」

「那你是答應了？」

「對。」

她的臉紅了一下，然後我倆的食指再一次放到了這個小小的碟子上。

「碟仙，碟仙，快從深夜的彼岸來到我身邊……碟仙，碟仙，快從寒冷的地底起來，穿過黑暗，越過河川……」

碟子沒有動。

碟仙沒有請來，但我卻在地上看到了一個影子，以及對面雪盈極度吃驚的表情。

那影子，自然是身後狗熊的，他的手裡此時似乎多了一樣東西。

是，是把匕首！

那傢伙揮舞著匕首猛地向我刺來，幸好我有了防備，一個閃身躲開了。

他似乎沒想過用這種突然襲擊會失手，便很自然的用上了全身的力氣。在自己體重的衝擊下，他一時身形不穩，腳步踉蹌的摔在地上。

我趁機拉過雪盈便朝教室門口衝去，快到時，卻被一個黑影擋住了。

呀！竟然是張聞！此時的他也手持一把匕首。

我倆隨著他的逼近，一步步向後退去。

「你們到底想幹什麼？」我把心一橫，站在原地吼了一聲。

「嘿嘿，我們正要將碟仙送回去。」張聞詭異的笑道。

「我不是正在想辦法將它請來嗎！」

「嘿嘿，很抱歉，我們在這件事上撒了個小小的、沒有惡意的謊言。」他油腔滑調的說著，一如平常的風格，看來是正常得很嘛。

「難道，一開始便沒有什麼將碟仙送回去的另一個方法？那為什麼要騙我們？為什麼想要殺我們？」

他道：「不，其實的確是有一個。那就是將請碟仙的那兩個人，在再次請同一個碟仙時，將他們殺掉。」

「那又能怎麼樣？是誰告訴你們這種愚蠢的方法的？其實，這一切到底是不是那個所謂的碟仙在搞鬼，都還沒有弄清楚……」我想盡力拖延時間。

「難道你不是在處心積慮的想幹掉我們其中的三個人？」張聞冷哼道。

「我幹嘛想幹掉你們？吃飽了撐著也不會想這門子無聊事！」我惱怒的說。

「什麼？難道你沒有作過那個夢？那個自從請過碟仙後，每晚都會讓人心驚膽顫、坐立不安、廢寢忘食的惡夢？」他一愣，突然憤怒的叫道：「不公平！為什麼你沒有作那個夢？為什麼偏偏只有你沒有作！」

「夢？到底是什麼樣的夢？」我疑惑不解的問。

「那是個讓人夢到後就深信不疑的夢。它沒有畫面，只有一個怪異而且冰冷的聲音，不斷重複著：『在水邊……還有四個……在水邊……還有四個』這麼幾個字。奇怪的是，我們都不約而同的在每晚同一個時間作著那個同樣的夢，不過在鴨子失蹤後，那個『四』卻變成了『三』……哼，真是個古怪的夢！」一直沒有開口的狗熊冷冷的說。

我滿帶問號的望向身後的雪盈，她默不作聲的點點頭，算是回答了。

「不說太多了，拖久了會有麻煩。」狗熊道。

張聞嘿嘿笑著：「對不起了，與其被碟仙慢慢折磨，還是在我刀下爽爽快快的死掉來得舒服！」

媽的！想我夜不語堂堂男子漢，連男人的初體驗都還沒有嘗試過，怎麼可能葬身在這個我最討厭的地方！一定要拖延時間！

我心裡一動，大叫道：「等一下！你們殺了我倆也不會好過吧！而且鴨子只是失蹤了，並不表示就這樣死翹翹了，說不定他又偷了父母的錢，跑到哪個鄉下去逍遙快活，過一陣子，沒錢的時候便會好端端的、灰溜溜的回來，他從前經常這樣的！」

「不！他的確是死掉了。我在舊防空洞裡發現了他的屍體。」張聞說：「嘿嘿，但這樣也給了我們一個很好的靈感。你們倆死掉後，可以放在那個防空洞裡，也省了我們許多不必要的麻煩。」

我不斷鎮定著自己的情緒，腦子從沒有過的飛快轉動著：「但我們死後，那個詛咒還是沒有解開呢？你們中的某一個人還是得死。

「就不知道是被另一個人殺掉，還是任碟仙選中自己，不知死期為何時的痛苦等待著，那種坐立不安……我想如果我是他的話，一定會選擇第一種方法的！」

張聞聽言，不禁愣了一愣。

而狗熊卻不經意望了下張聞，眼中閃過一絲兇狠的光芒。

我看穿了他倆的心思，當然不會放過這種火上加油、趁火打劫的時機，當下道：「小張自然是沒有狗熊身強力壯了，多半他會被殺掉。不過這也不一定，誰不知道他是個詭計多端的人，也可能他會有什麼後招先把狗熊制住。

「嘿嘿，這樣的話，喂，雪盈，我們雖死了，但卻比活著的人幸運得多了！」我這樣做的目的，無非是想挑起他們倆之間的矛盾，所謂以彼之矛攻彼之盾，嘿，這可是千古不變的好方法。

「對，死了也比你們兩個活著鉤心鬥角來得好。何況是和，是和……」雪盈似乎還在害怕，靠著我的身體微微的顫抖著。

「喂！狗熊，別中了他們的反間計！先幹掉了那兩個傢伙再說以後的事。」張聞這雜種果然夠聰明！

我哈哈大笑道：「再說以後的事？什麼事兒？難道是趁狗熊沒有防備的時候，手起刀落，就像你慫恿狗熊剛才那樣對付我一樣？！」我認定那種事只有張聞想得出來，狗熊那個死腦筋，還沒有升級到與他的身材成正比的地步。

果然狗熊中計了，他惡狠狠的對張聞說：「那以後怎麼辦？真的想殺掉我？」他一步步的走向張聞。

那小子嚇得往後直退，嘴裡說著：「清醒一些，那是夜不語那混蛋的反間計，先殺了他，一切都會恢復的，碟仙不會再纏著我們，我們也不用死了！」

狗熊有了一些猶豫。

我著急了，突然喊道：「呀！張聞，就是這個時候，對，用力刺下去！」

「媽的，臭小子，敢偷襲我！」本來便心中有鬼的狗熊信以為真，左腿用力踹了張聞一腳，踢得他直朝窗戶上撞去。

狗熊一不做二不休，索性不管我們了，撲下一刀又向張聞刺去。

只聽「叮噹」的一聲，張聞那傢伙竟然翻身滾到了狗熊的腹下。他兩腳向上一蹬，狗熊一個踉蹌，撞破窗戶玻璃，跌下了樓。

「哈哈，死了死了！」他發聲狂笑，站起身探頭向窗外望。

突然一隻手伸過來抓住了他的衣領，是狗熊！原來他並沒有真的摔下去，而是抓住了窗沿。

張聞被他一拉之下，竟然也摔出了窗戶，一隻手堪堪的拚命緊抓著極淺的窗沿，一邊哀求的看著我。

我忍不住向那邊衝過去，但卻被人拉住了。是雪盈！她冷冷的看著窗外的那兩個命在旦夕的人。

就在這一緩之下，狗熊和張聞從六樓上掉了下去……

這兩人都是頭先著地的，摔得腦漿四濺、血肉模糊……

「妳為什麼攔著我？！」我惱怒的衝她叫道。

她卻幽幽地說：「那些傢伙根本已經被死亡嚇得沒有了人性，現在的他們只是行屍走肉而已。難道你真以為他們會因為你救上了他們而感激你？不！說不定，一上來就會在你的背後刺上一刀……」

雖然這一點我也非常清楚，只是……唉，我有一張理性的外表，但卻常常迷失在感性中難以自拔。

窗外夜色更加濃了，我和雪盈相互偎依著無力的靠坐在牆壁上。

北風更加呼嘯的刮了起來……

「啊！」突然雪盈用手捂著嘴，恐懼的看著前方。

我隨著她的視線看去，竟然看到教室正中桌上的碟子，緩緩在八卦圖文紙上動了起來。

還……有……一……個……

碟子慢慢的游離在這四個字之間，最後無聲的停下了。

雪盈帶著滿臉的驚恐望著我，我用力的握了握她的手。

她笑了，將頭倚在我的肩上，閉上眼，在我耳旁喃喃地道：「你一定不會像他們兩個一樣吧，不會為了自己而將我殺掉？」隨後，她像自答似的又道：「不會！你當然不會！因為你是小夜，永遠都是那個晚上的小夜……」

「還有一個……」滿腦中，我想的都是這四個字，對雪盈說的那段奇怪的話充耳不聞。

哈哈，還剩一個！是我還是雪盈呢？還真是造化弄人，沒想到最後陷入那種自相殘殺地步的，卻是我們兩個人……

# 第十二章 洞穴

接下來的事真的一團糟。

員警又來了，盤問了我和雪盈很久，最後以「意外」這種無聊的理由結了案。我頓感失望，也懶得將鴨子死的地方告訴那些無能的「員警叔叔」，而是約了雪盈一起先行去調查。

雖然不知道那個夢是不是碟仙的詛咒，但是我不願意某一天突然翹了辮子，死得不明不白。自然也不願意雪盈枉死，那麼唯一的希望，便是找出那個夢的根源。

美國的著名心理學家沃爾特．米歇爾曾經說過，夢，是一個人淺睡眠潛意識下的腦部活動，每個人因為經歷閱歷不同，思考的方式不同，所作的夢也是獨一無二的。幾個人作同一個夢的機率——可以當作四捨五入掉的數字——完全可以忽略不計。

但是狗熊、雪盈、張聞甚至或許還有鴨子，他們都作了同一個夢，甚至是不斷的在作，每晚都作，而且所夢到的劇情居然一模一樣，這又該如何解釋呢？

對這個問題，我根本無從回答。

還有一個疑惑。

為什麼我，而且只有我，沒有作那個古怪的夢？難道是自己無意間比他們四個人多做了某些連我自己也沒有意識到的事情？但這似乎不太可能。

該死，難道碟仙遊戲是真有其事，如果沒有將請來的碟仙好好送回去，那個可惡的惡靈就會殺了你，吞噬掉你的靈魂？

「小夜，你在煩惱什麼？」雪盈呆呆的望著我，許久，才問道。

「我在想那個夢。為什麼這麼久妳都沒有告訴我？」我抬起頭，無奈的凝視著她那雙猶如醍醐般清澈通透的美眸，嘆了口氣。

「人家根本就不知道還有其他人和我作了同樣的夢，就沒有太在意。而且我知道你最近已經夠頭痛了，人家不想讓你煩上加煩嘛！」雪盈衝我羞澀的笑著。

她伸過手來扶著我的臉，嘲笑道：「難道小夜在擔心我嗎？笨蛋，我才不會相信什麼碟仙的詛咒，太沒科學根據了。」

「也對。」我強迫臉部肌肉擠出笑容，輕聲道：「這種玄乎其玄的東西，根本就沒有任何科學依據，還是不要信的好。」雖然表面在笑，心裡卻沒有感覺輕鬆了絲毫。我用力的甩了甩頭，又道：「我要妳買的東西都買齊沒有？」

「應該是齊了，我再點點。」雪盈將背上的背包鬆下來，打開，一樣一樣的清點起來：「繩子，手電筒，電池，打火機，生日用的整人蠟燭，手套，塑膠袋，防水長筒靴，還有從學校資料室裡偷來的防空洞的平面圖。怪了，你要我買這些亂七八糟的東西幹嘛啊？」

我用手輕輕的敲擊著桌面，解釋道：「關於那個防空洞，有幾件事必須要告訴妳。首先，它是二戰期間修建的，又深又長，就像個迷宮。由於入口處設計在低窪地區，裡邊肯定有大量積水，如果妳不想和那裡的居民，例如老鼠、蟑螂等等可愛的生物，進行親密接觸的話，最好把長筒靴穿上。

「防空洞的平面圖是用來防止我們迷路。繩子、手電筒、電池、打火機是照明和應急的必備用品，塑膠袋要拿來裝採集到的東西，還有防空洞裡細菌和噁心的東西很多，觸摸東西的時候必須要戴手套。」

「那生日用的整人蠟燭呢？要那玩意兒幹什麼？」雪盈大為不解。

「很簡單，那種蠟燭含有大量的鎂，不論妳怎麼丟、怎麼吹都不容易滅，除非是將它放在缺氧的環境裡。我怕防空洞有些地方因為太久處於封閉狀態，蓄積太多的二氧化碳和有毒氣體，帶上它比較保險。在開啟一些封閉的地方時，就將蠟燭丟進去，看看空氣裡的氧含量有多少後，再三思而後行。」

「我服你了！」雪盈垂下頭嘆氣道：「小夜，有時候我真的有種衝動，想要看看你到底是在什麼樣的環境裡長大的？為什麼做每樣事，你都可以事先將它考慮得又全面、又仔細，就像條老奸巨猾的狐狸。」

「抱歉，我的狐狸性格是天生的，沒有環境因素。」我沒好氣的瞪了她一眼，問道：「現在幾點了？」

「九點四十五，正好是宿舍關寢室燈的時間。」雪盈看了看手腕上的錶。

「也就是說，現在防空洞的入口附近也差不多沒人了。」我考量了一下各方面的因素，覺得自己計畫的漏洞應該不大後，這才輕輕敲了一下雪盈的腦袋，對她叮囑道：「下了樓，妳先進女廁所看看還有沒有人在裡邊，千萬要確認清楚，不然我鐵定完蛋！」

□

二戰時期，不論城市還是鄉村，所有的地方都修建有數量龐大的防空洞。

當然，我們就讀的這所歷史悠久的學校也不例外，挖有一條，不過早在幾十年前就廢棄掉了。

防空洞入口前的那片空地，更是被修成了公共廁所，而入口，便可憐巴巴的被擠到了女廁所後邊，所以，要想進防空洞的話，就非得穿過女廁所，從右邊繞進去。

這點是最麻煩的。

要我這個健康、自信、高傲的男人進女廁所，本來就很有心理壓力了，最怕的就是還被人撞見，那我豈非晚節不保？努力維持的形象更會如同一江春水般，嘩嘩的被無情沖刷進大海。到時候恐怕連買塊豆腐一頭撞死都來不及，就被整間學校五千多人的口水給淹死了……

雪盈俐落走進女廁所，沒多久便探出頭來，衝我打了個萬事ＯＫ的手勢。我深深吸了一口氣，再次下定決心，緩緩提起顫抖的雙腳，好不容易才鼓起勇氣走進了這個男生的絕對禁地。

女廁所內的情景描述就此略過不表，太丟臉了！（其實完全是因為怕被雪盈罵作變態，只好故作鎮靜、目不斜視，就連走馬觀花的神情也不敢多流露出來。）

花了漫長的三十多秒時間，內心掙扎的我才艱難的越過這二十幾公尺的距離，也算順利，來到了廁所後的空地。

「小夜，你猜那個一直都努力維持自己嚴肅的大哥大形象的狗熊，和他色迷迷的跟班張聞，會不會都有偷窺嗜好？」一直都在心裡偷笑的雪盈見我滿頭虛汗，終於忍不住笑出聲來。

她一邊笑，一邊像又想到了什麼問：「不然的話，他們怎麼會想到要進女廁所後邊的防空洞？」

「不要說死者的壞話！」我氣悶的敲了敲她的腦袋。

雪盈用手摸著頭嬌嗔道：「討厭哪，不准打人家的頭，要是把我打成了白痴，我可要你娶我，給我做牛做馬一輩子哦。」

「哈，妳要變白痴了，我絕對第一個打瘋人院的電話。」我心不在焉的一邊跟她拌嘴，一邊凝神打量起這個老舊的入口。

防空洞是修建在地下十公尺的地方，這種深度在當時來講已經算相當深了。入口處是個高約一點五公尺的水泥結構隆起，不過早已經被學校用鐵柵欄封住，可能是為了避免低年級的孩子進去探險，怕他們迷路或遇到危險。

「奇怪了。」我皺著眉頭，用手在柵欄上抹了一抹，衝雪盈說道：「難道狗熊他們提到的防空洞不是這裡？」

「不會，附近就只有這一個防空洞而已。」雪盈搖頭，堅決否定了我的猜測。

「但是妳看。」我將手上的鐵鏽湊到她的眼睛底下道：「柵欄上生滿了鐵鏽和蜘蛛網，而且鐵柵欄還用一把大鎖緊緊的鎖上了。」我把那個鏈子鎖提起來仔細檢查了一遍，又道：「鎖上沒有被人撬開過的痕跡，鑰匙孔裡也生滿了銅鏽，就算用膝蓋想也知道，這裡已經有許多年沒有人出入過了。」

雪盈也迷惑起來，她苦惱的回憶道：「張聞明明有跟我們講，他在舊防空洞裡發現了鴨子的屍體，我記得學校的防空洞，也就只有這麼一個入口兼出口。」

「不對，一定有問題。」

我不斷思忖著，又將防空洞的平面圖鋪到地上細細的研究。

過了許久才抬起頭，沒頭沒腦的問雪盈：「還記得張聞和狗熊前幾天對我們說的話吧？他們說自己在操場的工地發現了陳家寶藏，嘿，寶藏雖然未必是真的，不過那裡發現了一個很大的墓穴倒是真有其事。」

「這跟防空洞有什麼關係？」雪盈遲疑的問。

我神秘的笑了笑：「我們去看看那個墓穴，應該會有所發現才對。」

平面圖上有畫出防空洞的走向，很明顯它是直直的朝著東南方延伸的，而操場和學校的墓穴也正好位於東南方。發現這點時，我的腦中突如其來的冒出了一個假設——或許墓穴就在防空洞某一段的上方，當工地打地基的時候，不但挖出了那個墳墓，還將處於墳墓下方的那一截防空洞的天花板，挖得坍塌下來，打通了墳墓和防空洞……而狗熊和張聞就是從墓穴那裡進到防空洞內，並偶然發現了鴨子的屍體。

嘿，如果這個假設成立的話，至少有一部分疑問能迎刃而解！

這對被大量的疑問困擾，毫無頭緒，就像屋漏又逢連夜雨的可憐蟲一般的我而言，無疑是一根救命的稻草。

□

天色很黑，黯淡無光的夜籠罩著整個工地，靜靜地，沒有一絲聲音。

我和雪盈就在這份如死的寂靜中翻了進去。

不知為何，心臟在莫名其妙的快速跳動著，我打開手電筒審視四周，這座未來的學生宿舍已經打好了地基，正準備灌進混凝土。

「墓穴應該是在工地的最右邊。」我用手指比劃著找到位置，快步走了過去。

雪盈緊緊的跟在我身旁，害怕的又拉住了我的手。突然聽見她「啊」的驚叫一聲，呆呆的指著前方不肯動了。

我抬頭望去，只見不遠處的地上，赫然有一個積滿深水的長方形大坑洞，那個坑就和張聞描述的一樣，大概長五公尺多，寬三公尺多，只不過在夜色中看起來，竟讓人感覺到不寒而慄。

不知是寬大還是瘦長的坑洞，猶如一張從地獄裡慢慢爬上來的血盆大口，它張牙舞爪的無聲獰笑著，就像已經等待了上千年上萬年，只等我們走近便會擇人而噬。

我全身冰冷的呆站著，只感覺雪盈握著我的手越來越緊。周圍的氣氛不知何時開始變得詭異起來，地上散亂扔放的棺木碎片就像有生命一般，不斷的在夏夜中散發出陰寒的氣息……

「你感覺到沒有，好冷，好可怕！」雪盈用顫抖的聲音說道。

我「哼」了一聲，用力掐著自己的大腿，借著疼痛將自己從那股莫名的恐懼中掙脫出來。向前走了幾步，我從地上隨手撿起一塊棺木碎片細看著，又用指甲掐下一些碎末，湊到鼻子前聞了聞。

「沒錯，張聞的那塊棺材碎片就是從這裡撿來的。」我判斷道。

雪盈似乎有些不知所措，她突然的轉過頭，深深的望著我的眼睛，遲疑的說道：「小夜，你說有沒有可能……我們請去的碟仙……就是這個墳墓的主人？」

「為什麼這麼想？」我詫異的問。

雪盈咬著嘴唇，慢慢說道：「你不是說在一百多年前，學校的操場應該是一條大河嗎？你還說過『在水邊』的意思更傾向於『在河邊』。小夜，你看，這個墳墓所在的位置，符合了所有的條件，而且……」

她苦苦思忖著，好久，卻又搖了搖頭：「我不知道該怎麼跟你講，總之，這裡給我一種心驚肉跳的感覺，好像我隨時都會被那個深坑吞噬。」

我對她的猜測不置可否。

「這根本就說明不了什麼。每個人多多少少都會對與死亡有關聯的地方，心存畏懼和惶恐，我也怕，其實妳的反應都算正常了。」我說。

「不對！那些不是恐懼感！」雪盈有些歇斯底里起來，她緊緊的抓住我的手臂，全身不斷的哆嗦：「我知道害怕是什麼感覺，但我現在絕對不是感到恐懼，那是一種，一種呼喚！對，是呼喚。

「從剛才起，我就總感到有什麼在叫喊我的名字，那不是聲音，而是一種思想。它不用透過我的耳膜，便直接竄入了我的腦子裡！我怕！我好冷！不行，我要下去救它！」

雪盈僵直的站穩身體，她猛地一把推開我，邁著沉重又艱難的步子緩緩向前走去。

「妳怎麼了？」我吃驚的用力拉住她，卻發現她的眼睛竟然變得呆板渾暗，沒有一絲神采，就如同蒙上了一層布似的。

她的腳步凌亂，卻又執著，即使是被我拉著待在原地，也依然在跨動不規律的步履。

「在水邊，好冷。救我！有沒有人！快來人救我，我還不想死！」突然，雪盈哭了起來。她抱著膝蓋坐到地上，流著淚，嘴裡還不斷的重複著那段話。

一股陰冷的感覺不禁從脊背爬上了後腦勺，我打了個冷顫，只感到自己再也不能動彈分毫。

到底是怎麼回事，雪盈究竟是怎麼了？難道……是鬼上身？不！這根本就不符合科學邏輯，那麼，她會不會是突發性夢遊症的患者？

我咬咬牙，從身後緊緊的抱住她。

雪盈開始拚命掙扎起來，她用力的想要甩開我的手，用令人毛骨悚然的雙眼，死死的瞪著我說：「禽獸，不要碰我！我發誓，我做鬼都不會放過你！」

我死都不放手，努力的將她壓倒在身下。

雪盈哭著、叫著、喊著，不斷用手捶打著我。

最後，她似乎累了，漸漸的不再抵抗，全身放鬆，昏睡了過去。

「老天爺，這個玩笑可開大了！」我喘著粗氣，筋疲力盡的站起來，望著舒服的躺在地上的雪盈，苦笑著搖頭。

唉，完了，看來她沒辦法自己走回宿舍，再偷溜回房間了。那麼今天晚上到底該怎麼辦？

稍作休息，我終於認命的揹起她，一步一步艱難的往教學大樓走去。沒辦法中的辦法，也只有到教室裡將就一夜了。

該死！沒想到還會有這種突發情況出現，害得我的全盤計畫都砸得粉碎。

心裡略微感覺些許沮喪，或許自己原本就不該帶雪盈到這裡來。其實打撈鴨子屍體的事情，交給那些沒用的員警去做，也未嘗不是一件好事……

# 第十三章 距離

什麼是突發性夢遊症？要知道這一點，首先就要先明白什麼是突發性睡眠症（narcolepsy）。

那是一種隨時都可能發生的嚴重性睡眠失常。患突發性睡眠症者，可能在日常生活中的任何時間突發，可能發生在行路中，可能發生在談話時，也有可能發生在開車時駕駛座上。

而突發性夢遊症，就是發生在突發性睡眠症狀況內的病症。突發性夢遊症的原因，迄今尚無法確知，只知發病時期多在十歲至二十歲之間。

據一些心理學家研究，突發性睡眠症的患者，在一萬人中大約有兩至十個人，而可能患突發性夢遊症更是少之又少。

坐在教室裡，望著躺在我懷中睡得十分香甜的雪盈，我搖了搖頭。

認識雪盈大概有兩年多了，雖然是最近才頻繁的接觸她、注意她，但一直以來，我都沒有發現她有過任何異樣。她，應該不是突發性夢遊症的患者。

那麼，不久前發生在她身上的一幕，又該如何解釋呢？絲毫沒有頭緒。

難道雪盈剛才真的被鬼附身了？被一個多星期前，我們無意中請來的碟仙附身了？剛想到這裡，我的頭又是一陣狂搖，不願意再繼續思考下去。

曾有一位著名的哲學家說過：「迷信，什麼是迷信？當一個人對某樣事物瘋狂的癡迷、迷戀、崇拜，甚至開始排除異己，強迫自己不再接受任何與這種事物相悖的理念時，這就是迷信。」

或許，長久以來，我也開始迷信了，迷信於科學和一切能夠用邏輯思維解釋和推論的事情。

而最近，發生在自己身旁的一連串事件，每一件事都在消磨我的意志，折磨我的思想。我甚至開始懷疑起，自己的智商是不是有自己一直以為的那麼高了……

雪盈在我懷裡翻了一個身，慢慢睜開了惺忪的睡眼。「我怎麼在這兒？」她慵懶的看著我，滿臉詫異，卻又懶懶的賴在我的大腿上不願起來。

「妳剛才暈倒了，我只好把妳揹回了教室。」我不願她擔心，撒了個無傷大雅的謊話。

雪盈用手梳了梳自己睡得凌亂的頭髮，在腦中努力回憶著什麼，突然衝我笑道：「剛才人家作了個好可怕的夢。我夢到自己被人活埋在一個又黑又恐怖的洞裡，四周什麼也看不到。我拚命的想要爬上去，但總是力不從心。我只感覺自己的四肢絲毫不能動彈，就像被什麼壓住了一般。

「四周很寂靜，除了我的哭叫聲以外，就只能聽得見牆壁的另一邊還有微微的潺潺流水聲。好可怕，真的好可怕！」雪盈用力的抱著我，全身又開始劇烈的顫抖起來。

「不要怕，我就在妳身邊！」該死，不會又要發作了吧？！心有餘悸的我立刻死命的擁住她，翻身將她壓在地上。

出乎我的預料，雪盈立刻就不動了，也不掙扎。只感覺她的全身僵硬起來，透過單薄的衣服，甚至可以感覺到她柔軟的身子在不斷升溫。

意識到情況似乎和不久前有所差異的我，詫異的低下頭看去，竟險些碰上了雪盈鮮嫩欲滴的淡紅嘴唇。

雪盈靜靜的圓睜著那雙大眼睛，用溫柔的帶有一點羞澀的眼神望著我，嘴角卻帶著一絲淡淡的笑意。

我愣住了，就這樣保持著一個鼻尖的距離，和她對視了許久，突然意識到什麼，這才尷尬的慌忙想要站起來。雪盈立刻用手環抱住了我的脖子，她頑皮的舔了舔自己的嘴唇，然後閉上了眼睛。

完了！這一副任君採擷的模樣，不斷攻擊著我的意志。

只感覺頭慢慢的低了下去，那張絕麗的臉龐在視線裡變得清晰，然後又因為距離太近，而在視網膜上變得模糊，越來越模糊……兩個人急促的呼吸開始交會、混合，然後散去。

最後只聽到腦中「啪」的一聲響，我知道，自己的理智完全崩潰了……

就在我的意志崩潰的同時，教室外傳來一陣聲音，一陣翻箱倒櫃的聲音。我打了個冷顫，頓時清醒過來。

「妳聽到沒有？好像有人在隔壁的辦公室裡找東西。」

我站起身推了推雪盈，她羞紅著臉，不情不願的張開了眼睛，「這麼晚了，哪還有人會發神經似的跑到教學大樓裡來？」她嘟著嘴看我，眼神裡分明在大罵我是「膽小鬼」、「笨蛋」、「豬頭」以及所有諸如此類不解風情的生物。

我唯有苦笑，拉了她悄悄的溜到辦公室外的窗戶底下，小心的往裡邊瞅著。

只見有個大約一百七十五公分左右的男人，正蹲在辦公室右邊的角落裡，翻找著從各個櫃子抽屜裡倒出來的資料。

我將中指按在嘴唇上，對雪盈點點頭，慢慢的無聲的向左邊移動了一點，想要看清那個男人的臉，卻不小心碰到了腳邊的廢紙簍。

那男人驚覺的站起身，沒有絲毫猶豫，他立刻衝出辦公室，飛快的跑得不見了蹤影。

「該死！」我沮喪的捂住頭，狠狠踢了那個被自己絆倒的廢紙簍一腳。

「那個小偷真倒楣，竟然會笨得去偷廢棄的辦公室！」雪盈輕鬆的說道。

「那個小偷笨？哼，我看不見得。」我恨恨的走進已經被小偷撬開了鎖的辦公室，衝她問道：「妳知道這間辦公室為什麼會被廢棄嗎？」

雪盈思忖道：「據說是十多年前，有個內向的女老師不堪被自己的學生欺負，然後便在這個辦公室裡上吊自殺了。有人自殺過的地方，就算是再膽大的人也會有所畏忌，老師們常常說裡邊很陰森，而且一到晚上，就會出現許多無法解釋的怪異事情，最後聯名要求學校將這裡給封起來。我記得好像就是因為這個原因。」

「沒錯。」我擰開手電筒，一邊在剛才小偷蹲過的位置細細翻找，一邊對雪盈說道：「這棟樓一共有四間辦公室對吧？剛才妳有沒有注意到，其他辦公室根本就沒有被破壞過的痕跡，那小偷為何偏偏先選擇這間位置非常不順手的地方呢？我看一定有問題。」

「小夜，我看是你太多疑了。」雪盈撇著嘴對我的猜測大為懷疑。

我慢慢的一份資料一份資料的翻看著，突然全身一震，全身僵硬的抬起頭，對她說道：「恐怕這次我不想多疑都不行了。」

將手上的那份資料遞給雪盈，她只看了一眼，頓時也滿臉驚訝的呆住了：「沒想到，那個校長的兒子鍾道，居然也是第六十二屆高三三班的學生！和周劍與那個被他強姦了的李萍是同班同學！」

我找到的是一本關於鍾道的學生資料簿。

不知為何，莫名其妙的感覺自己離真相似乎越來越近了，我渾身顫抖，激動的望著雪盈。

雪盈苦惱的思考了一下，「對了，至少現在我們找到了一條最明顯的線索，就是周劍、鍾道和李萍都是同學。如果從這個關係中引申出去的話，那麼我想圍繞著李萍的那段三角戀情，會不會是在他們之間發生呢？」

「聰明！」我對她的判斷大鼓其掌，補充道：「我們不但要去證明妳提到的那一點，還要確定幾樣事情。一，那堆破碎的校服以及內衣是不是李萍的。二，為什麼周劍的名牌會混在那堆校服碎布裡。三，那段三角戀情是不是真的僅僅只是三角戀情。

「妳想想，首先是李萍深愛著一個男生，但她愛的男生卻又喜歡上另一個女生，想要拋棄她。嘿，再往下繼續引申的話，我有理由懷疑，是不是也有另外一個男生迷戀李萍。其實這就像個填空選擇題，我們已知道了兩個答案，只需要讓它們對號入座就行了。」

我正唾沫四濺的，想要將自己的疑惑一股腦全部傾倒給雪盈，猛然聽到一陣細微的腳步聲，慢慢的由遠至近走了過來。

我立刻向雪盈打了個手勢，拉著她躲到了一組可以將整個辦公室一覽無遺的櫃子後邊。

不久後，有個大約一百七十五公分左右，身材高矮都和剛才那個小偷差不多的男人走了進來。那男人面色蒼白，神態憔悴頹廢，背因為生活所迫而奇怪的弓著。等我們看清了他的正面，險些驚訝的叫出聲來。

他，赫然就是鍾道。

鍾道小心的看了一下四周，這才蹲在那堆資料前仔細翻找。

我感到雪盈渾身都緊繃起來，糟糕！我的內心升起一股不祥的預感，急忙用力將她拉住，壓低聲音問：「妳想幹什麼？」

「當然是出去找他對質！」雪盈滿臉天經地義的說道。

「妳是不是瘋了！如果他真殺過人怎麼辦？如果這樣東西真的對他很重要，我想他完全不會介意再多殺兩個。」我不可思議的盯著她，唉，越來越搞不懂現在的小女生究竟在想些什麼了。

雪盈嘟起小嘴不滿的說：「小夜，你顧慮太多了。知不知道有一句老話叫做機不可失，失不再來？擦亮眼睛，看看本小姐精湛的表現。」她不由分說的掙脫我的手，衝我眨眨眼睛，走了出去。

「鍾道，你在找這樣東西吧？」雪盈將鍾道的學生資料平平的舉起來，大聲問道。

鍾道頓時渾身一震，他緩緩的轉過頭來，滿臉都是驚訝的表情。「妳是誰？」他惶恐的看了看四周。

「你應該問我們是誰。」我在臉上努力擠出笑顏，也走了出去。

沒辦法，既然伏擊失敗，只好改變戰略，用對峙好了。

雪盈抱歉的望了我一眼，又說道：「你為什麼想找到這本學生資料簿？難道是因為上邊有些你不得不銷毀的秘密？是不是它會讓你暴露出強姦李萍、然後將她殺掉的秘密？」

「我沒有強姦過萍兒，我更沒有殺她。」鍾道失魂落魄的喃喃說道。

「你說謊，如果你沒有強姦她，為什麼你會坐牢？」雪盈眼睛一眨不眨的瞪著他。

鍾道無力的坐到地上，眼神變得呆板起來，「我不能說。」

雪盈哼了一聲道：「你當然不能說了，因為你根本就沒辦法狡辯。」

我用力的拉了雪盈一把，低聲對她說道：「妳不覺得鍾道的表情很古怪？」

「哼，我看一定是他裝出來的。」雪盈不屑的說。

我搖搖頭，指著他說道：「那傢伙明顯神智不太清楚，好像吸過毒。」

「沒錯，我吸過毒。」鍾道抬起頭，深深吸了口氣，衝我們說道：「不管你們相不相信，我確實沒有強姦過萍兒，更沒有殺她。我也沒有坐過牢，我是進了戒毒所。

「自從我的她死了以後，我就開始用酒精麻醉自己，然後又學會了吸毒！」他眼神空洞的呆望著辦公室的天花板，緩緩的又道：「她就是死在這裡的，用我送給她的絲織圍巾上吊自殺。」

我和雪盈對望了一眼。我撓了撓腦袋，遲疑的問：「你說的那個她，是不是十多年前，在這所辦公室裡上吊自殺的年輕女老師？」

「沒錯。你們想不到吧——我居然會愛上自己的老師！」鍾道笑起來，哈哈大笑著，笑得眼淚都流了出來，「我是校長的兒子，我不用努力，就可以考到自己希望的任何好成績。不過那些成績卻統統不是真實的，我的科任老師每一個都想巴結我爸爸，所以不論我怎麼考，甚至交白卷，拿到的卻全都是滿分。

「只有高秀老師對我好。她對我嚴厲，也根本不會管我老子是幹什麼的、我的身分在學校裡有多特殊……她說一是一，說二是二，漸漸的，我發現自己的眼神再也離不開她，我居然愛上了她，愛上了自己的老師！嘿，你說，那是不是一件荒謬的事？」

「那當時李萍和你的關係是？」我思索著，望著他問。

鍾道回憶道：「萍兒是我的女朋友。每次我想要和她提出分手，她就會哀求我，跪在地上抱住我的腿死也不放手。就算我告訴她我已經不再愛她，她也不會聽。她甚至常常以割腕來威脅我，逼我不要離開她。」

他用手抹掉臉上的老淚，「甚至有一天，她神經兮兮的跑來告訴我，肚子裡已經懷了我的孩子。我很詫異，因為我很確定，自己沒有對她有過任何越軌的行為。但萍兒卻信誓旦旦的說那孩子是我的，她說我可以不承認，甚至可以為了我的前途將肚子裡的孩子打掉。我不置可否的丟下她走了。

「但過了不久，她又將我約到古亭那裡去了。萍兒神神秘秘的遞給我一個袋子，我打開一看，險些吐了出來。在裡邊的竟然是個嬰兒，死掉的嬰兒！那個嬰兒滿臉滿身都是血，似乎是才從子宮裡分娩出來，甚至肚臍眼上還有長長的一截臍帶……」

鍾道閉上了眼睛，臉色蒼白惶恐，似乎對那段記憶有著莫大的恐懼，「萍兒衝我笑著，笑得讓人不寒而慄。她說她已經殺死了我們的孩子，我再也不用擔心別人的閒言閒語了。我當時只感到不可思議，頭也沒回的離開了她。

「但沒想到，那一走，竟然就是永別。從此後萍兒就失蹤了，我想，她一定是對我徹底失望了，於是獨自去了一個再也沒有人會認識她的地方……」

「他的話你信嗎？」雪盈將嘴湊到我耳邊輕聲問道。

我嘆了口氣，「他的故事很符合邏輯，雖然和我們從學校傳說裡得知的情形完全不同，但應該有一定的可信度。」

雪盈望向鍾道高聲問：「既然你不是兇手，幹嘛三更半夜的跑到這間辦公室找你的學生資料簿？」

「我的學生資料簿？」鍾道詫異的抬起頭，「我從來沒想過要找那種東西。」

「那你來這裡究竟想要找什麼？」我好奇的問。

「是一個我已經遺忘了十多年的東西。」鍾道頹廢的臉上出現了一絲甜蜜，「是條圍巾，那是我送給她的生日禮物。雖然老師說我太小，不能接受我，但在我苦苦哀求下，她還是收下了那條粉紅色的絲織圍巾。我知道，那條圍巾在她自殺後，就被解下來留在了這裡。但直到今天，我才有膽量下定決心要將它找出來！

「對了，我一定要把它找出來！」鍾道搖晃站起身，又蹲到那堆資料前翻找起來。

「你要找的東西，嗯，是不是這個？」雪盈有些難為情的將一條圍巾遞給了他。

鍾道頓時喘息起來，他的全身開始劇烈的顫抖，接過圍巾的雙手更是抖個不停，「是這個，就是這個。」他喃喃的說道，橫花的老淚不斷從黯淡無光的眼睛中流下。

「那東西怎麼會在妳手裡？」我奇怪的問。

雪盈衝我吐了吐舌頭，「剛才你在專心翻找資料的時候，人家不小心就發現了那條絲巾，因為覺得它很不協調，就把它從牆上拿下來研究，最後被你一拉，一急就塞進了背包裡。」

我瞇起眼睛懷疑的盯著她，「說謊，我看妳分明是想中飽私囊。」

「人家才不會像你一樣。」雪盈的臉上頓時升起一朵心事被說破的羞紅，她哼了一聲，側過頭去避開了我的視線。

好不容易才慢慢回復正常的鍾道看了我們一眼，哀求道：「你們能不能讓我留在這裡獨自安靜一會兒？」

我和雪盈對視，然後不約而同的點了點頭。但沒想到我們剛走出辦公室，鍾道就用力將門關上，反鎖了起來。

「你在做什麼？」我一愣，接著用力的敲打起緊閉的門。

「你們不用管我，我好想高秀老師，真的好想她。」透過身旁的玻璃窗，只見鍾道緩緩的爬上辦公桌，將手裡的圍巾吊在天花板上。

他用雙手拉住垂下來的部分，轉頭望著毫不猶豫的打破玻璃窗，正拚命的想要將焊在窗戶內層的鐵柵欄撬開的我和雪盈，長長嘆了一口氣，微笑著說道：「你們知不知道，其實人死了也一樣可以在一起，只要你和那個你喜歡的人，在同樣的地方，用同一種方法死掉，那麼兩個人就可以生生世世都在一起，永遠也不用分離了。」

一股寒意爬上了我的背脊，我打了個冷顫，大聲衝他吼道：「你這個笨蛋！人死了就什麼都沒有了，還談什麼生生世世永不分離，你根本就是懦弱，不敢面對現實！」

「對，我是懦弱，是膽小，不然也不會用十三年的時間才下定決心。」鍾道眼神空洞的望著那條圍巾，突然全身一震，他死死的盯著眼前的空氣，幸福的笑了起來。

「老師，是妳，妳來接我了？」他笑著，哭著，流著淚，哽咽地說道：「我已經三十一歲了，再也不是從前那個毛頭小子，老師應該能接受我了吧？我好幸福，真的好幸福。」

鍾道慢慢的將頭伸入了用圍巾打出的結裡，正要用雙腳蹬開椅子，就在這時，有一雙看不見的手突然掐住了他的脖子。

「萍兒，為什麼是妳！又是妳！」鍾道吃力的咳嗽著，他捂住脖子，痛苦的一個字一個字的說道：「放開我，我要去和老師在一起。為什麼妳總是要阻攔我？說高秀老師搞師生戀，還被自己的學生搞大肚子的謠言，是妳散佈的對吧，妳的忌妒心好強！

為什麼妳直到死也不願放過我，讓我和老師在一起？」

鍾道畸形的直起脖子，拚命的想要將頭再次伸進繩結裡，但他身後卻有那雙無形的手，拚命的掐住他將他往後拉。

他的脖子外皮頓時在兩種力的作用下，開始呈現出螺旋狀，最後表皮甚至因此剝落下來，流出了血淋淋的氣管和頸部大動脈。

鍾道用力的掙扎，終於掙脫了那隻手，將頭放了進去。迅速的踢開椅子，他被圍巾吊在了天花板上，身體還在不斷的旋轉著。當他的臉轉向我和雪盈的方向時，鍾道笑了。

是幸福、滿足的微笑……

我全身僵硬的呆站著，理智的大腦完全不敢接受眼前的一切。

「這是怎麼回事？到底是怎麼回事！」雪盈也被驚呆了，嘴裡不住的重複著那句話。

突然辦公室的門被猛地從裡邊推開，撞在牆上發出「砰」的一聲巨響。有股惡寒毫無來由的通過全身，我所有的毛髮幾乎都同時因恐懼而立了起來。

「在水邊……還有一個……還有一個……」

有一個冰冷、陰暗、呆板的聲音透過耳膜，傳入腦海，並且不斷在腦中迴盪重複。

我強忍住害怕，朝四周探望著。但什麼也沒有看到，不遠處有的只有寂靜得如同惡夢般猙獰妖嬈的詭異夜色。

「還有一個……是嗎？」雪盈喃喃說道，她挽住我的手，將頭靠在了我肩上，整個身體都在顫抖著。「小夜，你說……那最後一個會是你，還是我呢？」她望著我的眼睛，見我依然呆呆的望著遠處的黑暗發怔，竟然「噗哧」一聲笑了出來，笑得流下了眼淚。

「小夜，我猜那最後一個，絕對不會是你……」

# 第十四章 怪女

第二天，思忖許久的我終於去警局將鴨子死的地方說了出來，於是學校又亂糟糟了。

警署的人打開了防空洞，在工地下邊的那一段找出了兩具男性屍體。

其中有一具的確是鴨子的，他被泡在污水裡全身都腫脹起來。法醫鑑定出他死於急性心肌梗塞，而死亡時間竟是在……在他與那群國一生的約會前兩個小時！

那麼，那天晚上和那些小鬼在一起的又是誰呢？難道真的有鬼？

而第二具屍體，讓整件事更加的撲朔迷離。

很明顯他被丟入防空洞有好幾年了，被污水侵蝕得只剩下骸骨和毛髮。法醫難以判斷他生前的樣子。不過還好在那具男屍身上發現了一張名牌，這才揭開了他的身分——他居然就是那個校園傳說中，五年前因為聽到亭子附近傳出嬰兒的啼哭聲，然後便突然消失的高二男生王強！

在短短的一個月內，竟然連續死了好幾個人，而且現任校長更痛失了自己的愛子。學校當然不希望這種事傳揚出去，於是錢這種東西又發揮了作用。

但在校的學生卻慘了。不但學校裡的任何東西都不斷瘋狂漲價，而且還得不斷的交許多有的沒的費用。

□

唉，我在那天後，突然感到心力交瘁，索性請了幾天假回家。

我家離學校並不遠，是車程大約半小時的鄰鎮。老爸顯然聽說了學校裡發生的那一連串事故，但卻一反常態的沒有多問我。

「哈，還是家裡好……」站在寢室的落地窗前，看著屋頂花園正中央的噴泉，在大雨中不斷的翻起白浪般的水柱，我感嘆道。

雖然過了好幾天近乎與世隔絕的生活，但心裡依然輕鬆不起來。還有一個……到底死的會是誰呢？雪盈，抑或是我？

站累了，索性打開電視，把它調到了本地的電視台。

午間新聞正好開始不久，我興味索然的看著，隱隱只知道似乎昨天早晨又有人跳樓自殺了。

「真是的，為什麼現在的人總是這麼無聊……到底把自己的生命當作什麼了！」

我喃喃自語道，不由得把聲音調大，想聽聽這次的笨蛋又是誰。

電視上慢慢播出了自殺者的照片，還沒等我看清，這時樓下傳來了一陣聲音。

叮……叮……是門鈴響起來了。我向下望去，是一個穿著白色連衣裙的女孩。從上面雖不能看到樣貌，不過身材很好，很眼熟的樣子。

下樓一看，呵呵，竟然是雪盈！

她全身都濕透了，像很害怕似的滿臉驚慌，一見到我便緊緊的抱住我哭泣起來……她的身體很柔軟，但卻冷得驚人，可能是因為周身淋滿了雨的緣故吧……天！真是搞得我一頭霧水。「怎……怎麼了？」我一向不會哄女孩子，因為這種感性的生物，總是會幹一些自己無法理解的傻事。

好不容易，一個小時後才哄得她靜下來，換了一件乾淨的衣服坐下。

「葡萄酒還是咖啡？」我問。

「隨便。」她的聲音還在微微發著顫……唉，真不知到底發生了什麼可怕的事。

我壓抑著自己的好奇心，等她喝下幾口紅葡萄酒後，這才緩緩的問：「可以說了吧……妳為什麼來找我……還有為什麼會那麼害怕？」

雪盈點點頭卻道：「把手借我行嗎？」還沒等我反應過來，她已經緊緊的抓住了我的手，像是在壯膽，又像是在確定我的存在，這才緩緩訴說起來：「今天早晨我照常去上課，但上到第三堂時，卻感到身體很不舒服，總是有種昏昏欲睡的感覺，於是便向老師請了假，提早回宿舍去休息。

「按理說，那時都在上課，幾乎沒有人還留在宿舍樓裡，但當我打開自己的宿舍門時，卻看到一個身穿紫藍色連衣裙的高年級女孩，背對著我坐在我的床上。我以為是自己走錯房間了，急忙說了一聲對不起，退了出來。

「但再看門牌，不對呀！這裡明明就是我的寢室嘛！我又走了進去，對她說：『學姐，妳走錯房間了。』她沒有轉過頭來看我，也沒有回答，只是依舊呆呆的坐著。

「『要不……難道妳是在等誰？我上鋪的張嘉嗎？』我繼續問著，一邊打量她，一邊又向前走了幾步。這個學姐穿的裙子好老舊，大概已是十多年前的款式了，更奇怪的是，裙角上竟然還有幾個補丁，不過還算是樸素整潔。

「這種勢利的學校也會收這種窮學生？我大為驚奇的想，不禁心泛憐惜的又道：『學姐，妳的裙子都破了……換一件新的吧。正好昨天我買了幾件，不過太大了……但妳穿起來似乎剛好，呵呵，想不想試一試？』

「她依然默不作聲，不看我也不作任何表示，就像這個房間裡只有她一個人獨處似的。我想難道是自己哪句話得罪了她？啊！不好！聽說較窮的學生到大城市的學校後都會有自卑感，可能剛才我傷到她的自尊心了。這可不好！於是我急忙說：『我……我不是那個意思！』

「這位學姐終於有了反應，她慢慢的轉過頭來望我。啊呀！她……她竟然沒有臉！不！應該說她的臉上一片空白，本應有五官的地方竟然空空如也，什麼也沒有，就像一個畫出了臉輪廓與頭髮的漫畫像！

「我尖叫著衝了出去，但耳中卻聽到她在我背後嘿嘿笑著，用那種怪異而且冰冷的聲音，不斷重複著『在水邊……還有一個……在水邊……還有一個……嘿嘿，呵呵呵呵……』」

雪盈講到這裡，手因驚恐而不斷用力，指甲幾乎陷到了我的肉裡。可想而知，她的心裡有多麼的害怕！

「於是妳就到這裡來找我了？」我不動聲色的問。

她點點頭。

我嘆了口氣：「就快吃午飯了，一起來吧，吃過飯我送妳回學校。」

「不！我不要回去。」她叫起來。

「那妳準備怎麼樣？」我問：「難道要住在這裡嗎？」

「不可以嗎？」她迷惑道。

我頓時被這個傻氣十足的問題弄到哭笑不得，「當然不可以了！試想一下，一個女孩有家不回，竟然睡在了一個男孩那裡。於是有人就會問：『喂，兩個年輕健康的男女，共同在一個屋子裡過了一夜，那麼會發生什麼呢？』然後另一個人就會假裝回答道：『還能幹什麼？除了幹那個什麼，就只有幹那個什麼了。』到那時閒言閒語一起來，我倒沒有什麼，不過妳就慘了。」

「這有什麼！」雪盈毫不在乎的說：「都快要沒命了，誰還會在乎那麼許多。而且你曾答應過要保護我的！」

「對呀，我是在保護妳……保護妳的名譽嘛。」

「但是送我回去，我，我好害怕！」

「有什麼好怕的。」我不怒反笑：「以後學乖一點，不要落單就沒事了。」

「可是……」

「沒有什麼可是了。」

「你真的不肯收留我？」

「這是為了妳好。」

「好吧！大傻瓜，那我現在就回去，你滿意了吧！」她生氣的向外走。

「喂，用得著這麼大反應嗎？我送妳！」我抓上外衣跟了上去。

唉，所以說，我尤其厭倦那種不知所謂的女人。她們反覆無常的性格，讓人很是無所適從。明明是為她們著想吧，換來的卻是那張臭臉，搞什麼嘛！

當坐公車回到學校時，雪盈的氣也像消了。

在宿舍樓口，她道：「陪陪我行嗎？現在去上課肯定是要被逮出來罵了，而且還是那個萬閻王的……」

我道：「不好吧，這可是女生宿舍，被別人看到的話就慘了。」

「有什麼關係嘛，現在都在上課，難道你不怕我出意外？如果它又來了呢？」她抓住我的手硬把我拉了進去。

我無可奈何的嘆了口氣。

呵呵，這是我第一次進女生的寢室，還真和男生的那種髒亂的宿舍，有著天壤之別。雪盈的床鋪是在靠窗的下鋪，乾淨整潔的天藍色床單上，放著折得整整齊齊的被子。

「嘿，還真像她的外表，滿整潔的嘛，整潔得就好像昨晚都沒用過一樣。」我想著，但卻又感到略略有些不妥。為什麼自己會認為這床鋪昨晚沒用？

我倆坐到床沿上，相互默不作聲。她靜靜的看了我一會兒，又將眼神射向了窗外。

「我總是喜歡看對面不遠處的那棵大樹，有時還能看到樹梢上的鳥巢。呵哈，那裡有鳥爸爸、鳥媽媽，還有一隻剛生出的小鳥。牠還不會飛，只是每天都吱吱叫著，耐心的等著自己的父母歸來……」她的臉上洋溢著幸福。

「那以後妳可以繼續觀察呀，直到那隻小鳥會飛了，會在秋天和父母一起南遷了。」我道。

「可是，那隻小鳥還會不會回來？」

「應該會吧……」

「你保證？」

「哈，哪敢保證。」

她又呆呆的望著我，突然天真的說：「我想那隻小鳥一定會回來，牠一定獨自回來，然後在那個生育了自己的巢穴裡娶妻生子。因為牠一定捨不得這塊生牠養牠的土地，捨不得自己深愛的人，就算那個人不知道自己已經癡癡的愛上了他，甚至他並不會喜歡自己……

「但是小鳥一定還是會將深藏在心底的愛進行下去，雖然她不能得到他，但也要讓他永遠無法忘記自己，就算是付出自己的生命，只要是為他……你說，那隻小鳥是不是很傻？」

「不，這或許就是牠的命運吧，掙不脫，也甩不掉。」我被她的情緒感染，不禁也傷感起來。

這時，遠處傳來了下課的鈴聲，不知不覺，竟然已經放學了。

「好，必須走了。」我站起身來，「被其他人看到我在這裡的話，一定會被當作變態抓起來。」

雪盈依依不捨的望著我，眼中流露出的只有悲傷與淒苦，就像再也不能見到我、不能見到這個世界了一般。她拉著我，然後又猶豫著放開。

突然，她抬起頭將淡紅的嘴唇印在了我的嘴上。我毫無防備，只覺得她的唇軟軟的，但卻很冰，冰得讓人心痛……

那瞬間，我的腦中突然閃過電視裡播出的，昨晚自殺者的照片……那，赫然就是雪盈。

「不！不要！不應該是這樣子！」我絕望的大聲叫道。

但她卻只是衝我淡淡的一笑：「這一切都只是為了你，我要你永遠記著我！」

風又刮了起來。它穿過那棵樹的樹梢，靜靜的無聲的將枯葉摘下，一隻小鳥吱吱叫著，振動著牠幼嫩的翅膀，邁出了離開巢穴的第一步……

# 尾聲

我去參加了雪盈的葬禮……臨走時，她的母親將她的日記本送給了我，說是留個紀念。

但我終究沒有打開它的勇氣。

雪盈是在我回家後的第三個夜晚死去的，從宿舍樓頂層跳了下來。她……是自殺的。沒有人知道原因，所以在校園裡，便自然而然的流傳起許多好的、不好的流言。

但我卻知道她自殺的真正動機——我們中的某一個人必須得死。

想安心就只有兩個辦法。一是被另一個人殺掉，二是任碟仙選中自己，不知死期為何時的痛苦等待著，坐立不安的等待著……

但雪盈卻選擇了第三種方法。她自殺了，為我放棄了自己的生命。

但我又為她做了什麼呢？只是無力的看著她在我的眼前變淡，越來越淡，最後永遠的消失在了虛空中……

好累！真的好累！

我不願再在那個令人心碎的學校繼續讀下去，便辦了退學手續。

在辦手續的那幾天，學校為了洗洗霉氣，準備將所有老舊的校舍都翻新一次，不過整個施工計畫在半途就夭折了，因為在擴大新校舍的地基時，大量的水從地下蜂湧而出，將整個工地和操場都淹沒了。

我這才明白，一百多年前，原本該在操場位置上的大河去了哪裡？它一直都沒有突然消失過，只是流入了十幾公尺深的地底之下。

□

今天天氣晴朗，我來墓園看雪盈。經過這一段時間，我想了很多。

無論如何，她是再也不會回來了。

不甘心……我不甘心讓她就這樣死得不明不白……我一定要追查出事情的真相，一定要給自己和雪盈一個交代！

在雪盈的墳前，我在心裡默默的想著。

於是，我去拜訪了周劍。唯一和鍾道以及李萍有關的人，如今只剩下他了。

他不在家，於是我在一張小紙條上寫下幾個字，連同一張照片，一併從門縫中塞進了屋裡。

當夜，他依約到了學校的那片樟樹林中。

「你這是什麼意思？」周劍將那張寫有「我已經知道了一切，不想被揭穿，今晚十一點就到學校亭子附近的樟樹林來。」字樣的小紙條，和我特意留給他的照片拿出來，遞到我眼前，陰冷的問道。

我不置可否的，從他手裡抽過照下了一大堆衣服碎片和一張名牌的照片，慢吞吞的說道：「周劍。雪泉鄉第一中學第六十二屆高三三班的學生，十三年前，他順利的考上了一間許多人夢寐以求的知名大學，但是，他竟然放棄了飛黃騰達的機會，毅然進入警校，並在十一年前，開始到自己的母校，當個實在沒有任何前途的小小校警。

「為什麼？是因為他對自己的母校有深深的眷戀，還是別有目的、另有所圖呢？我對這個問題大感迷惑，你能不能告訴我答案？」

「當然可以。」出乎我的意料，周劍爽快的答道：「一個可以考上知名大學的人，通常都不會太笨，而一個不是太笨的人，通常都不會有過多莫名其妙的情結。那個人當然是別有目的。」

「有什麼目的？」我機敏的問。

周劍抬頭死死的盯著我，緩然道：「既然是目的，沒有實現前當然沒人願意說出口。」

我回瞪著他，突然笑起來，哈哈大笑：「你是聰明人，我也自認不算太笨，我們兩個聰明人還是打開天窗說亮話好了。李萍是你殺的對吧？」

「我不懂你在說什麼。」

「嘿，既然你不懂，不妨聽我講一個故事，一個發生在十三年前這所學校裡的故事。」我用雙眼和他對視，深吸一口氣說道：「這個故事有三個主角，分別叫做鍾道、李萍以及周劍，他們同校同班，而且還是非常要好的朋友。

「故事開始時，這三個主角的關係其實還相當單純，李萍是鍾道的女朋友，而周劍是這兩人的友人。但突然有一天，周劍發現自己愛上了李萍，愛得無法自拔，於是一直都保持微妙平衡的天平，開始動盪起來。

「不久後，鍾道向李萍提出分手，原因是他愛上了自己的導師高秀。就在這一刻，三人之間的平衡徹底被打破，周劍開始不斷為自己所喜歡的人謀畫，他四處傳播高秀老師的流言蜚語，最後更將她逼死。

「又教被愛人拋棄、幾近精神崩潰的李萍裝作懷孕，博取鍾道的同情，同時，他也暗暗為自己設想著。但幾次示愛都被拒絕後，他這才真正感覺到，李萍的心中永遠都只有鍾道，她根本就容不下自己，於是長久以來積累在心中的怨氣，開始慢慢爆發出來……」

□

一個深沉灰暗的夜晚，在學校的樟樹林裡，有一男一女兩個人在扭打。

「臭女人，我有什麼地方比不上那個傢伙？我是那麼愛妳，比他更愛妳！妳說要剛出生的嬰兒，我就去幫妳偷了一個；妳說討厭高秀老師，再也不想見到她，我就為妳散佈她的謠言，將她逼死；妳說，還有誰比我對妳更好？」

那個男人是周劍，他的面色猙獰，一次次的將自己身下女孩身上的校服瘋狂的撕扯下來。

女孩拚命的掙扎，撕咬著他，用恨得令人毛骨悚然的雙眼，死死的瞪著周劍，「禽獸，不要碰我！我發誓，我做鬼都不會放過你！」

「做鬼？哼，臭女人，我成全妳，我讓妳變鬼。」周劍陰森詭異的笑起來，他用力掐住那女孩的脖子，越掐越緊，直到她不再掙扎，全身都軟軟的塌了下去。

周劍這才像是幡然醒悟了什麼，慌忙的鬆開了手。

「萍兒，我不是故意的。相信我，我真的不是故意的……我怎麼捨得殺妳！」他害怕得將手塞進自己的嘴裡，緊縮起身體，全身都顫抖起來。

不知過了多久，周劍突然笑了，一邊嘿嘿傻笑，他一邊俯下身，深情的撫摸著那女孩的臉，「這樣也好，萍兒，這樣妳就不會再喜歡其他人了，妳永遠都是我的了！」

□

「……你就是這樣殺死了李萍，將她與嬰兒的屍體藏在了一個非常隱蔽的地方。」

我盯著周劍，不放過他臉上流露出的任何表情。

但我失望了，他只是咧開嘴笑著，說道：「很有想像力的故事，我倒是想知道，你為什麼一定要懷疑我。」

「其實很簡單。」我重重的靠在曾經掛著藍色包裹的那棵白樟樹上，嘆了口氣：「雪盈死後，我確實頹廢過……但我不甘心讓她就這樣死得不明不白，便決心要追查出真相。」

一定要給自己……和雪盈一個交代！我心裡默默的想著。

「一直以來，我都覺得校園傳說裡有某些東西被扭曲了，而當我回想起鍾道臨死前，對我和雪盈說過的那番話時，突然恍然大悟。

「校園傳說中，所有的東西都被傳得亦真亦假，而主角卻不是鍾道——為什麼會有這些校園傳說？為什麼會將鍾道描繪成一個十惡不赦的壞蛋？其實第二個問題很顯而易見，因為編造校園傳說的人，對鍾道抱有強烈的恨意。」

我衝周劍微笑起來：「周劍，只有經年累月待在這所學校裡的人，才有能力將流言傳說任意扭曲，指鹿為馬。你做了十一年的校警，為人處世都很低調，以至於很少有人知道你的存在，即使是我，也是在偶然找到了你的名牌後，才發現有你這個人，開始注意起你。哪知道越調查你，越覺得你這個人不簡單！」

我頓了頓又道：「其實我開始懷疑你，是因為校園傳說中的那個嬰兒。鍾道臨死時，說他從沒有對李萍有過越軌的行為，李萍懷著的孩子絕對不是他的。我相信他。於是，李萍究竟是不是懷了孩子？如果懷了，孩子是誰的？如果沒有的話，她拿給鍾道看的嬰兒屍體又是哪裡來的？

「我靈機一動，請朋友幫我調查，十三年前，雪泉鎮的醫院裡是不是有嬰兒被偷走。沒想到，很容易就找到了紀錄，更有想像不到的收穫是，那家醫院的一位老護士信誓旦旦的說，抱走嬰兒的小偷穿著第一中學的校服，由於事情鬧得很大，所以到現在她還很清楚的記得……

「李萍根本就沒有懷孕，她拿去給鍾道看的那個嬰兒，就是你從醫院裡偷去的那一個！」

周劍依然是滿臉的笑意，就像在聽一個與自己完全無關的故事，「你的話自相矛盾，既然你說鍾道從沒有碰過李萍，那麼我想他們兩個當事人應該心知肚明才對。李萍又怎麼可能用莫須有的東西去博取同情？就算她有那麼蠢，我想我也不會笨到去做這種吃力不討好的事！」

「你當然有自己的算盤。」我用目光鎖住他，耐心的解釋，「李萍因為被鍾道甩了，大受打擊下精神變得不正常。不管你向她建議什麼，只要說成可以讓鍾道重回她身邊，她就一定會照做不誤；而你，更是想讓李萍因為這件事對鍾道徹底死心，讓她明白那個男人已經永遠不會再愛她了，所以你才冒險做了這件蠢事。」

周劍用力的鼓起掌，「很精采的推理。如果真是我殺了李萍，那麼你說，我將她的屍體藏在了哪裡？為什麼到現在都沒有人能發現？」

我冷然一笑，朝腳下望去，「我想答案就在這棵白樟樹下。只要向下挖，立刻就可以發現有巨大的空洞，李萍以及嬰兒的屍體應該就在那裡！」

「你是怎麼發現的？」周劍終於臉色變了。

「其實很簡單。呂營那群國一生，不久前來過這片樹林，想要挖掘嬰兒的屍體，他曾向我提到，他們在這棵樹下挖出了一個非常陰冷的洞穴，但第二天再去看時，卻發現前一晚挖過的地方，竟然絲毫沒有被挖掘過的痕跡，這讓我大惑不解。

「當排除他在撒謊的可能性後，我開始一次又一次的調查這裡，終於發現了一個可疑之處。」我蹲下身，用手抓起一把泥土，「他們挖掘過的地方，土質僵硬沒有彈性，就和墳旁邊的燥土一樣。但最大的疑點是，那裡過於自然、沒有任何人工干擾過的痕跡，這反而變得十分不自然了——

「呂營那群人並沒有發夢，他們確實有挖到洞穴，只是被某個人基於某種目的，湮滅掉了他們所弄出來的痕跡。而看你現在的表情，我更能確定那個人就是你。」

周劍哼了一聲，沒有說話。

「五年前，那個高二生王強也是你殺的吧？他無意間知道了這個洞穴的秘密，被你發現後殺了他滅口？」我繼續著我的推斷，「然後你又添油加醋的將他的失蹤，納入你那個早已將事實扭曲的校園傳說裡，用來威懾其他好奇心比較旺盛的年輕人，提醒他們儘量少進樟樹林，免得遭遇不幸。」

周劍猛地抬起頭，帶著一絲詭異地望著我，說道：「沒錯，王強確實是我殺的。那傢伙狗急跳牆爬上樹逃命，我也跟著他爬，越來越高，後來，我乾脆將那棵白樟樹下邊的分枝，一條一條的全部砍下來！哈哈哈哈，到最後，他還是要死在我手上！」

「只是沒想到啊……冥冥中自有安排，王強不只是發現了李萍的屍體，還將她的衣服碎塊，和當初殺李萍時被你不知怎麼會疏忽掉的名牌給包了起來，他爬樹，或許根本不是要躲開你，而是想將那包東西掛在白樟樹上，為這個事件提供線索！」我接著說道。

周劍的臉一陣扭曲，兇狠得不像人，眼中盡是殘忍和憤恨，竟散發出一種怒極反笑的妖異感。

「我想鴨子也是你殺的吧？你為什麼要殺他？難道他也發現了那個洞穴？」我不動聲色的問。

周劍搖頭：「鴨子？你是說王煒？我沒有殺他。我發現他時他已經翹辮子了，我不願事情在這裡搞大，就發善心把他的屍體和王強的丟在一起。」

「那麼陳家寶藏呢？」見他變得如此配合，我心中暗喜：「狗熊和張聞死後，我曾經想過，或許當初他們邀我和雪盈去那個工地上的墓穴，只是想殺我們滅口；但現在想想，證明陳家墓穴藏有寶藏的那塊棺材碎木上所新刻的宋體字，設下這個騙局的人，很可能就是你！

「由於你知道我們在調查李萍的事情，而且越來越有進展，於是你想趁我們下去墓穴時，將入口封起來，將追查鴨子死因的所有人來個一網打盡，但你沒想到，我竟然看出了那字體有問題，害你的陰謀沒有得逞。」

「沒錯。那確實是我的妙計，不過我倒是沒有說謊，那確實是陳家墓穴的陪葬墓。嘿，你想不想知道陳家真正的墓穴在哪裡？」周劍不理會我震驚的目光，將視線轉到身後的那兩座古墓上。

「那……是陳家的主墓？」我大為驚訝。

「那就是陳家墓穴，不過裡邊倒是沒有任何寶藏，就連陪葬品都沒有。但是卻有一條很長很隱蔽的通道，可以通往遠在操場那邊的陪葬墓。陪葬墓下邊就有一段防空洞，而且因為長年失修，那段防空洞與陪葬墓之間的夾層塌陷下來，露出一個相互連接的大洞，讓我處理起屍體來方便很多。我絕對不會讓那兩個臭男人的屍體，和我的萍兒放在一起！」

原來如此。

我雖然猜到了陪葬墓就在防空洞某一段上方，但一直都單方面的認為是工地在打地基的時候，挖出了陪葬墓，還將陪葬墓下方的那一截防空洞挖得坍塌下來，打通了陪葬墓與防空洞之間的夾層，將兩者連接起來……

周劍沉默了一會兒，突然問我：「你知不知道為什麼我會變得這麼配合？」

「你或許已經決定要自首了。」我不動聲色的答。

周劍哈哈大笑起來：「你很聰明，但是也笨得可以。你以為在身上藏著錄音機，悄悄的把我的話錄下來，就可以把我繩之於法嗎？告訴你，我會像殺死王強那樣殺了你滅口，大不了再找一個隱蔽的地方藏你的屍體。」

「你真以為我會那麼笨？」我的臉上露出了一絲狡猾的笑。

周劍一愣，隨後面色猙獰的一步一步向我走過來：「不要想騙我，來的時候我已經仔細檢查過附近。今天是禮拜六，現在整個學校裡除了你和我以外，就沒有第三個人了！」

我從褲袋裡掏出錄音機隨手丟在地上，緩緩說道：「凡事都有例外，這個東西只不過是騙你說出真話的道具罷了。哼，既然地上藏人騙不了你，難道我不會把人藏在地下？」我清了清嗓子，衝右邊那座古墓的方向大聲喊道：「表哥，你出場的時間到了。」

看著表哥夜峰從墓穴的入口爬出來時，我再次用視線鎖住周劍，沉聲說：「當我明白白樟樹的下邊有個大洞穴時，立刻就聯想到，那洞穴或許和樹林中的兩個墳墓有關聯，於是我避開你的監視後拚命找。

「嘿，皇天不負苦心人，那個被隱藏在左邊墓穴墓碑下的出入口，終於被我找了出來。再然後，一場我精心策畫、自編自導自演的、用來令你認罪的苦肉計就上場了。當然，如果直到現在你還不願意認罪的話，那就和我玩一個遊戲好了，一個關於碟仙的遊戲……」

□

周劍，這個看起來忠厚老實的傢伙，被丟進監獄後不久，警署對外宣佈了他的罪刑。罪名是強姦謀殺李萍、謀殺王強，以及謀殺夜不語未遂……

根據周劍的供詞，開挖了陳家墓穴後，在一個深坑裡找到了一具女人和一具嬰兒的屍體。調查後經證實，正是十幾年前突然失蹤的女生李萍。

她確實是被謀殺的，被周劍捆住了手腳，殘忍的扔進了那個深坑裡。

周劍被判處了死刑。

但很可惜，法律並沒來得及懲罰他，在執行死刑前，他死在了監獄裡。

周劍的死狀據說很恐怖，他的眼睛睜得死死的，滿臉驚駭，手僵硬的向空中抓去，表情十分的痛苦。究竟在他臨死前看到了什麼，竟然令得他被活活的嚇死？

我不知道，也不太想知道。

□

一天晚上，老爸走進我的房間，將一個信封遞給了我。

「這是什麼？」我滿臉疲倦的問。

「機票。」

「機票？到哪兒的？」

「美國。這段時間發生了那麼多事，我看你最好還是出去散散心。」

「我不想去。」

「在那邊有我的朋友，你也認識的，前年還來看過你。」

「我真的不想去！哪兒也不想去。」

「小時候，你不是口口聲聲說長大了要娶他們家的那個姐姐嗎？」

「……」

□

在去機場前，我那個在隔壁縣當刑警的表哥夜峰來找我。

「我看過了周劍案子的報告，感覺疑點很多，所以完全以私人的身分想要聽聽你對這件事的看法。」夜峰拍了拍我的肩膀。

我瞪了他一眼：「你的好奇心什麼時候變得這麼旺盛了？」

「別忘了，我們可是有血緣關係。」夜峰陪笑道：「而且我對你這個魔鬼表弟經歷的所有事情都很好奇，因為只要在你身邊發生的事件，就絕對不會平淡。」

我想反駁他，但最終只是自怨自艾的長嘆了口氣：「昨天我將整個事件綜合後又思考了一次，突然發現許多疑點都變得可以解釋了。現在想來，我們和九年前那四個女孩所請來的，所謂的碟仙，應該就是被周劍殺害的李萍吧！她想告訴我們自己被埋在河邊，但八卦圖文紙上卻沒有河字，於是才出現了我們五個人眼前的『在水邊』這三個字。」

「那九年前李芸為什麼會殺死徐許、張秀和王文？」

「很簡單，因為恐懼。這玩意兒有時候是一把殺人不見血的兇器，我想李芸四個也作了和鴨子、狗熊、張聞、雪盈他們一樣的夢。她怕，怕自己會死，於是她先下手為強，親手謀殺了自己的三個好朋友。」

我頓了頓，又輕聲道：「當然，這個事件還有許多疑惑是我沒有想通的。首先是八卦圖文紙上的字與夢裡的東西，究竟是那個可悲而又帶著神經質的女孩，向我們發出的警告？還是她因為自己無處伸冤的憤恨，而想要報復所有的人類？

「還有，就是去找嬰兒屍體的那一晚，出發前，鴨子既然就已經死了，那究竟又是誰和那群國一生在一起？最重要的一點，就是為什麼只有我沒有作那個夢？難道是我比他們多做了些什麼？唉，最近我幾乎想破了腦袋，都找不到答案。」

表哥夜峰思忖了一下，突然道：「這幾個問題或許我能給你些建議。」

我立刻驚訝的望向他。

表哥得意的笑起來：「這場歷時十三年，死了十多個人的悲劇，其實一開始就有兩個兇手。第一個是主犯周劍，他殺死了李萍、王強，還有那個被偷來的嬰兒。

「第二個犯人是李萍，她是兇手，同時也是個可悲的受害者。那女人死後怨氣不散，開始瘋狂的想要尋找突破口……正好你們這群不怕死的蠢蛋去請碟仙，無意間讓她的怨靈醒了過來。

「要知道，往生者所做的一切事情，都不是我們這些活著的人所能想像的，醒過來的怨氣，開始侵蝕所有玩過碟仙遊戲的人，最後將他們統統殺死。」

表哥吞下一口唾沫，繼續說道：「如果是這樣，你的所謂疑惑就很好解釋了。和那群國一生去樟樹林的東西，只有兩個可能，一是李萍的亡魂，二是王強的亡魂，我個人比較偏向於後者。

「這樣順推上去，九年前，李芸也有可能不是自殺，而是在李萍的怨氣影響下跳了樓。因為一個怕死到為了自己能夠活下去，而連續殺掉三個好朋友的人，我實在想不出任何她會因為羞愧而自殺的理由。至於你的雪盈，或許也不是因為擔心你而選擇了死……」

我呆呆的站在原地，腦中一片混亂。過了許久才苦笑道：「你是員警吧……怎麼看起來比我還迷信？」

「就因為我是員警，所以才更相信這些神神怪怪的事情。」表哥正色道。

「就算你的論調說得通，那你又怎麼解釋，為什麼只有我一個沒有作那個古怪的夢呢？」

「很簡單。小夜，你不是從小就常常遇到怪異的事情嗎？那你有沒有想過，為什麼你可以活到現在？為什麼在許多事件裡，死掉的通常都是別人而不是你？」表哥望著我，「還記得奶奶常說，你出生時有個雲遊的道人說，你一生註定不會尋常的事嗎？我猜你一定有某種特異的體質，可以為你消災避禍。」

我沉默，無語，雖然表面上對表哥的話不置可否，但內心明顯開始動搖了。

「不過陳家墓穴和陪葬墓之間的通道還真隱蔽，刑警隊的人在挖出王強和王煒的屍體時，居然沒有任何人發現了這個通道。」

我哼了一聲：「這充分證明了你們刑警隊的人能力有多低。我看當時所有人的注意重心，都偏移到找到屍體的那段防空洞去了，完全沒有人聯想到，那兩具屍體是由陳家主墓穴運到陪葬墓，再由陪葬墓的坍塌部分丟入防空洞內的。」

「還有一件事。」表哥夜峰用責備的語氣道：「既然你早就知道了墓穴的出入口在哪裡，為什麼還要冒險去套周劍的話？你知不知道獨自面對那種窮兇惡極的人有多危險。如果他突然偷襲，我根本就來不及跑出來救你。更何況你這傢伙事前什麼都不對我說，只是要我躲在那個該死的洞裡看一場好戲！」

「我也很不想冒這個險。」我苦笑：「但真的沒有辦法，所有的一切都只是我的推理，沒有任何真憑實據。就算把洞穴的出入口告訴警方，到最後找到的也只是兩具屍體，根本無法將那王八蛋繩之以法，而且還打草驚蛇。我只好出此下策。」

夜峰對我的解釋不置可否，他思忖了一會兒，突然道：「我調查了王強的一些資料，你想不想聽？」

我一愣，然後點頭。

「那麼你先回答我一個問題。柯南．道爾的小說《福爾摩斯》是哪一年傳入這裡的？」

「大概是十年前吧。」

「沒錯。」表哥神秘的笑了笑：「我記得那年，整個鎮都因為這本小說而掀起了一陣偵探熱潮。王強就是因為它，變成了一個忠實的偵探迷。他從國中開始，就在學校裡組建了一個名叫『偵探學社』的社團，不過很慘的是一直到他失蹤，那個社團還是只有孤零零的他自己一個社員。

「或許是為了招攬會員，又或者想要在別人面前證明自己的推理能力，他在失蹤前，曾在校報上揚言說，自己可以解開校園傳說中的謎。我想，那傢伙說不定在當時就掌握到什麼線索了。」

我點點頭：「或許那時候他已經發現了主墓穴的入口。」

「但問題是，聰明如周劍那樣的傢伙，在殺掉李萍時，又怎麼會沒有注意到自己名牌丟失的事？」

我略感苦惱的撓撓頭，突地想到了些什麼，「啊」的叫出聲來。

「一直以來，我都認為周劍在殺李萍時，因為慌亂才將他的名牌混到了李萍那堆被撕破的衣物裡，看來我是大錯特錯了！」我緩緩說道。

「難道不對嗎？」表哥夜峰疑惑的問。

「不對。我認為周劍是故意將自己的名牌和李萍的屍體放到一起的！」

表哥大為吃驚：「他為什麼要這麼做？這樣做對他是百害而無一利吧！」

「那樣做，當然有他的意義。你試想一下，如果你愛一個人，愛到無可自拔，愛到為了獨自佔有她，甚至不惜殺死她的地步，那麼你是不是會希望自己能時時刻刻、每分每秒都可以和她在一起？

「但在當時的情況下，周劍是不可能做到的。因為如果他常常待在墳墓下，就一定會遭到懷疑，惹來許多不必要的麻煩。於是這個對李萍愛得發癡的周劍，就將自己的名牌放到李萍的屍骨旁，用它來代替自己。」

我舔了舔嘴唇繼續說道：「這樣想來，或許周劍放棄大好的前途，回到這個學校來當個不起眼的校警，也不是為了守住他殺人的秘密，而是要和李萍的屍骨長相廝守。但是五年前的某一天，他在下主墓穴時，不巧被王強偶然間看到了。

「王強得意的在校報上大放厥詞後，下到主墓穴去，然後他發現了李萍以及嬰兒的屍體。還記得五年前雪泉鎮上發生的一起超大縱火案嗎？當時燒毀了東區的一棟大公寓，到現在縱火犯也沒有被找到。

「很巧的是，王強的家剛好就位在那棟公寓裡，我猜那場火就是周劍放的，他殺掉王強後，並沒有在王強身上找到被他帶走的名牌，和屬於李萍的衣物，於是一把火燒了他的家湮滅證據。」

夜峰嘆了口氣道：「其實想一想，鍾道、李萍還有周劍，他們每一個都是受害者，感情的受害者，所以才造成今天的局面。唉，不過沒想到的是，周劍那傢伙就算在證據確鑿下還死不認罪，居然還是和你玩了那個碟仙的遊戲。他真是自找死路！」

「我倒是有另一種看法。」我偏過頭突然地問：「據說周劍是被嚇死的吧？」

「沒錯，我去看過他的屍體。他的死狀十分可怕，滿臉的驚駭。」

我深吸一口氣，淡淡說道：「其實，有時候驚駭莫名和欣喜若狂兩種表情，是很難分辨的。或許周劍明知道自己已經窮途末路了，他想見自己喜歡的人最後一面，即使那個人已經變作恨不得生呑自己血肉的厲鬼……哈，或許周劍死去的那一刻，才是他這一生最快樂的時刻吧。」

望向蔚藍的天空，卻突然發現自己再也難以輕鬆的笑起來。

究竟是怎樣的怨恨，才會使李萍那樣原本乖巧的女孩變成四處索魂、殺害無辜的厲鬼呢？

不過還好，這個事件，應該就此拉下簾幕了吧。

還有一件不得不說的事。

學校的陳家墓穴被挖開後，許多考古學家陸續趕來對其進行考證，最終證明了它確是真貨。

但令人非常不解的是：整個偌大的墓穴裡，果然如周劍講的那樣，陳老爺子沒有任何陪葬，只在最深處找出了兩口棺材。棺材的封口上貼了許多的符咒，費力的打開後，考古學家們驚訝的發現，每口棺材裡居然只放著一隻手臂。

陳老爺子屍體的其他部分呢？是誰會那麼恨他，在他死後還要將他分屍？這些疑問一時間成為了報刊雜誌上的頭版頭條，在當時造成了很大的轟動。

許多年後，當我的閱歷增加時，回過頭再次回憶這個事件，我才知道，所有的一切，不論是李萍強烈到殺了八個人的怨氣，還是樟樹林午夜嬰兒的啼哭，都出在這兩截早已乾枯得只剩下骨頭的手臂上。而這次，居然是我第一次和陳家墓穴的正面衝突。

不過，這又是後話了。

唉……內心很痛。

或許人生就是這樣，經歷了，失去了，人才會慢慢成熟，慢慢長大。

「雖然小鳥不能得到他，但也要讓他永遠無法忘記自己，就算是付出自己的生命，只要是為他……你說，那隻小鳥是不是很傻？」

在東航的飛機上，不知為何，我又想起了雪盈最後說過的那句話。

翻開她的日記，第一頁用秀挺的筆跡寫著她自己的名字。名字下邊還有兩個字——小鳥……

「是呀，小鳥真傻，即使她這樣做了，也沒有人會高興，只會讓自己的親人傷心……」我的心很痛，卻又欲哭無淚，索性望向了窗外。

機外，廣闊無垠的太平洋呈現出一片透明的藍色。天空也很藍，它與海水不斷的向視線的盡頭延伸，延伸，一直延伸，直到我再也看不到的遠處。

那裡，會有天堂吧……

# 短篇・鬼情人

小三，是藉由網路流行起來的一個詞，是對「第三者」的貶稱。所謂第三者，在法律上的含義是置傳統婚姻家庭觀念於不顧，憑自己個人喜好，肆意侵犯他人家庭，直到拆散他人家庭的人。

可是，有時候，第三者真的是第三者嗎？世界很大，無奇不有。至少這個故事，就沒字面上那麼單純。等你被社會所禁錮，以為某種定義是至理時，說不定，催命符，正在你意想不到的地方等著你。

畢竟究竟誰是誰的第三者，恐怕只有鬼知道。

# 楔子

黑熊是一個代號，而不是他真正的名字。他之所以會取這麼奇怪的綽號，是因為黑熊身處於一個特殊而又頗有爭議的行業——情感危機公司。也就是俗稱的，從事「搞定小三」的工作。

黑熊所屬的機構對外的稱呼為家庭偵探所，原本事務所只接受「第三者調查」的業務，僅僅從事「跟蹤」、「取證」、「捉姦」等工作。可現在由於社會需要，業務已經被大大拓展，聘請了心理醫生、分手代理人，甚至律師加入其中，共同解決家庭危機。

其實林林總總的說了那麼多，歸根結底的目的只有一個，便是不擇手段、不動聲色地剷除「小三」。根據價位的不同，公司用的手段也五花八門、令人瞠目結舌。而黑熊的工作，就是價位最高的一種。他是職業感情演員。

所謂的感情演員，是非常專業的，很多時候需要的演技不比影帝差。出場費自然也很高昂。黑熊的工作流程通常是這樣：先裝成年輕的富二代或者官二代，帥氣多金，出門名車，住著豪宅。然後假裝機緣巧合認識了委託人丈夫的「小三」，其後施展所有的功夫以及金錢攻勢讓那個女孩相信，神話一樣的愛情居然降臨在自己身上。

和做一個有婦之夫、通常都大自己十多歲甚至幾十歲、或許永遠沒有出頭可能的「小三」相比，選擇的天平顯而易見。女孩很快會移情別戀，和他開始一段王子與公主的新戀情。小三離開了，委託人的家庭危機也就解除了。

黑熊從來沒有失手過，他符合白馬王子的一切定義。高大、英俊，有氣質，出手豪爽。沒有女人能夠在他的攻勢下抵擋住誘惑。當女人們投入他的懷抱，和委託人的丈夫決裂後。黑熊會在一個禮拜內找出種種理由離開對方，不留痕跡。

小三們會傷心欲絕，以為自己做錯了什麼。她們永遠都會被蒙在鼓裡，永遠都不會知道那只是一個局，黑熊，僅僅是誘餌而已。

一個禮拜前，黑熊所在的危機公司接到了一筆大專案。委託人什麼話也沒有說，只是丟了張一百萬的支票，以及壓在上邊的照片。

「把這個小三從我老公身邊弄走，事成之後我會再付一百萬。」中年貴婦優雅的抽著菸。

看到支票，經理的臉笑開了花。

自然，又輪到他黑熊出馬了。

整整一個禮拜，黑熊都在調查此次目標的一切。知己知彼才能百戰不殆，這是他的座右銘，也是他成功的原因。他掏出女孩的照片再次仔細打量。她只有十九歲，很漂亮，音樂學院大一的學生。照片上的女孩穿著白色的連衣裙，長髮及腰。大大的眼睛、長長的睫毛，白皙的皮膚。清純得讓人不忍心移開視線，可正是這麼乾淨漂亮的女孩，居然是小三。現在的社會，真是病態啊。

這個行業做多了，黑熊的感情也逐漸冷漠起來。他只是感嘆，也不認為自己的職業高尚。生活不容易，有人能當小三獲取金錢，他黑熊為什麼不能靠著弄翻小三來賺到在這個擁擠的城市活下去的生存權呢？

女孩叫做寧秋雨，很安靜的名字。作為老手的黑熊對調查一事本來應該手到擒來的，可不知為何，越是深入寧秋雨的事情，越覺得有些不對勁兒。似乎那個女孩並沒有想像中那麼簡單。

她有固定的朋友圈子，固定的生活作息。她的一切似乎都是固定的。但偏偏自己找不到任何空隙接觸她。夜晚的黑暗瀰漫在巷子口，黑熊站在一根電線杆後邊抽菸。這是他跟蹤她的第六天。寧秋雨就在不遠處，她恬靜的邁著步子，慢悠悠的走進了右側的一個社區中。

這是委託人的老公為她租的地方，十分高檔的公寓，寧秋雨就住在公寓二棟的三十一樓。黑熊嘆了口氣，今天依舊沒有任何收穫。他回到了自己的家，簡單洗漱一番後就縮到床上很快睡著了。幹這行很累，特別是接觸階段。不斷地找機會跟目標偶遇，所以必須要起得很早。特別是寧秋雨，這個女孩生活實在很健康，每天早晨天不亮就會出門跑步。

所以最近一個禮拜，黑熊必須要凌晨五點半就去公寓下邊蹲點。

不知為何，今天一整晚都睡得不踏實。黑熊作了很多惡夢，不，應該說只作了一個惡夢。可那個惡夢卻不斷的發生！每次他被驚醒後，同樣的惡夢就會再次闖入夢中。

夢裡，有個看不到容貌的女孩，穿著白衣服，留著長長的頭髮。她使勁兒的掐著自己的脖子，問自己為什麼要跟蹤她。凌晨五點，黑熊再一次驚醒過來，他喘著粗氣，冷汗淋漓，心臟不停地狂跳。

夢的感覺太過真實，黑熊甚至半坐在床上，用手摸著自己的脖子。夢裡被卡住脖子後那股快要死去的窒息感久久難以散去。這令他有些毛骨悚然。再也沒有了睡意，黑熊洗漱後從冰箱裡拿出一塊麵包，一邊吃一邊出門朝蹲點的地方走去。

秋天，早晨的太陽就開始升得很慢。街道上起了一層濃霧，就著街燈勉強能看清楚路面。黑熊為了能夠接近寧秋雨，跟她同租在一個社區裡。很早就有人在街邊擺起早餐攤，他坐下點了一碗豆漿，慢慢的喝，同時也在等著女孩的出現。根據最近的觀察，寧秋雨一般會在五點五十五分跑出社區大門，然後繞著大街跑一圈，趕著太陽快要完全冒出頭時再回臥室。

五點五十，天邊漸漸亮起來。不過光芒並不能趕走霧氣，霧反而更濃了。黑熊看了看手錶，五點五十五。濃霧裡，熟悉的女孩身影準時出現了。她穿著白色的運動裝，戴著耳機聽歌，緩慢的朝前跑。沒多久便消失在了白霧中。

黑熊連忙跟了上去。他尋思著已經快一個禮拜了，公司那邊也開始催促。不管怎樣，今天早晨一定要找機會跟她搭話。寧秋雨跑得看似不快，但黑熊卻跟得很費勁。濃霧中的街道和房屋，在黑熊的眼中怎麼看都有些奇怪。霧這種現象本身就很奇怪，遮蓋著人類的視線，為目視範圍內的一切都蒙上了一層陰影和神秘。

人類對看不清的東西總是畏懼的。黑熊跑在霧裡，感覺孤零零的，彷彿全世界只剩下了自己一個人還倖存著似的。他緊追寧秋雨不放，可他視線中的寧秋雨，也不過是霧中的一小塊黑斑而已。

就在這時，右側傳來一陣火光。黑熊眨眨眼，居然看到有個老婦人正蹲在不遠處的街道邊上燒著紙錢。他癟癟嘴，暗自腹誹那個老婦人腦袋肯定有些秀逗。以前還真沒見過有誰會在大清早燒紙錢的。

等黑熊再次將頭移動到正前方時，心裡一愣。寧秋雨的身影居然不見了！他急忙四處尋找，可是轉了一圈，依舊沒有找到。黑熊在霧裡闖來闖去，沒多久，他又遇到了燒紙錢的婦人。他躊躇了一會兒，準備走上前去問問她有沒有見到過一個年輕女孩。

剛往前邁了一步，黑熊驚愕的停了下來。視線中，不知何時出現了寧秋雨。她竟然蹲在那個婦人的對面，跟著那個老女人一起將紙錢往火盆裡扔。

紙錢燃燒著，在霧氣裡升騰起來，向空中飛去。

黑熊想這不正是個搭話的好機會嗎？他整理了一下儀表，又往前邁了一步。正是這一步踏下來，他再一次愣住了。

寧秋雨不見了。不遠處只剩下了燒紙錢的婦人。奇怪，這是怎麼回事？自己明明緊盯著前方看，可一眨眼的工夫，那麼大一個活人就會在眼皮子底下消失。簡直是匪夷所思！

突然，感覺肩膀被輕輕拍了一下。黑熊下意識的轉過頭，令他意想不到的是，眸子中印上了寧秋雨的影子。女孩不知何時來到了他的身後，還主動招呼了他。

「你為什麼跟蹤我？」寧秋雨笑咪咪的問他，笑容甜得膩人。

「我沒有。」黑熊立刻辯解。

「你為什麼跟蹤我。」女孩依舊笑咪咪的，可那股笑意看在他眼中，卻有一股說不出的詭異。周圍的空氣，似乎變冷了。冷得骨髓都快被凍僵似的。

「你為什麼要跟蹤我。」女孩還是笑嘻嘻的，她伸出了自己白皙纖細的手，輕輕的摸到了黑熊的脖子上。

不知為何，黑熊突然想起了昨晚那彷彿做不盡的夢。他害怕了，甚至怕得想要轉身逃跑。可是，女孩的手已經抓住了他的脖子。

他，再也不用逃了。

# 第一章

這個世界有許多離奇古怪的故事以及傳說，做情感危機公司這行，真的什麼人都能遇上。類似恐怖故事的傳言也多多少少會耳染目睹些，特別是關於黑熊的死。

周燦以為自己一輩子應該都不會遇到怪事，作為一個感情演員的新手，他接到的案子普遍都很簡單，屬於老手不屑去做的。直到公司的經理找到他，硬是把寧秋雨的Case塞給他時，他才感覺很頭痛。

黑熊這位前輩周燦很佩服，冷靜有耐心、而且從來不會失手。可是偏偏這樣的一個人前天早晨死了，雖然警方說死因是心肌梗塞，可敏感的他還是從中嗅到了不同尋常的氣味。特別是公司裡將這件事傳得沸沸揚揚、繪聲繪影。認為黑熊是玩弄女人心太多，被某個自殺的女人詛咒了。

對此，周燦不以為然，他總覺得這件事中肯定有內情，恐怕不單純。所以接手的時候他很矛盾，但最近確實也需要錢。所以便沒有推辭。周燦有個論及婚嫁的女友，臨到結婚還沒有湊足彩禮。而且自己的女友根本就不知道他幹的是這種勾當。算是最後一單吧，搞定手裡的案子，彩禮錢就夠了。

當晚，周燦找了個長久不用回家的理由，買了大量的泡麵和飲料住進了黑熊住過的高檔公寓。這是一間三十多平方公尺（約十來坪）的小套房，麻雀雖小五臟俱全，桌子上還擺放著黑熊生前對寧秋雨的調查資料。周燦仔細看了一遍，不由得皺起眉頭。

寧秋雨的生活過於健康和固定，對這樣的人而言，想要插入對方的生活，會很困難。女孩每天早晨五點五十五分準時出門跑步，回來時會順手買早餐。她九點十二分步行去學校，由於公寓就在她就讀大學的後邊，所以步行只需要十分鐘。午飯在學校吃，下午有課的話就上課，沒課便回自己家。她的朋友不多，在學校的話也不多。人長得漂亮，自然追求者會很多。當然她統統拒絕了。總而言之，她為人低調。廢話，當了別人情婦，確實也不敢在學校囂張。

委託人的丈夫平時會在禮拜五晚上來公寓，陪她兩天，禮拜日晚上九點準時離開。不過最近似乎情況有變，那個中年男人已經有一個月沒有來過。

周燦打開筆記本，計畫著該怎麼跟寧秋雨接觸。一夜很快過去了，他穿上高檔的休閒裝，看著鏡子中的自己。周燦五官不錯，相貌帥氣，有一股令人爽心悅目的陽光氣質。他的外表很受小女生歡迎，大學時女友就一直倒追他。等他陷深了才知道她家有收彩禮的風俗，所以搞到現在還沒結婚。

說實話，幹這一行的沒有不帥的。只是每個人的結局，都不怎麼好。或許真的像業內風傳的那樣，這是個缺德的行業。

凌晨五點四十五分，他出了門，蹲點守著寧秋雨的出現。這個清新的女孩跑步時，他就在後邊悄悄跟著，不時的吃幾口手中的肉包。

突然，他覺得有什麼視線在窺視著自己。周燦連忙轉頭望去，只見一隻黑貓正蹲在綠化帶中，一眨不眨的瞪著他。黑貓的眼睛很銳利殘忍，甚至看得他心裡直發悚。都說貓邪氣，看了那雙眼睛，真的不能不信。

周燦有些發慌，他秀逗的走過去對貓說：「喂，跟你打個商量。不要那麼瞪著我行不？我把肉包子送你吃。」

說著將包子放在了地上。貓「喵喵」的小聲叫道，咬了幾口，可看他的眼神依然很恐怖。不，與其說是在看他，還不如說是在看別的什麼東西。只不過他恰好擋在了牠的視線前。可周圍，根本什麼都沒有。

妖異的貓瞳讓周燦頭皮發麻，就在這時，有個柔柔的女聲從身側傳來：「哇，好可愛的貓！」

周燦嚇了一跳，這時才驚訝的發現自己跟蹤的目標，女孩寧秋雨居然正蹲在自己右邊。她，什麼時候走過來的？至少參加過公司反偵察培訓三次的周燦竟然完全沒有察覺。

「你也喜歡貓嗎？」女孩一邊觀察著黑貓，一邊問他。

「嗯。很喜歡。」周燦立刻點頭。得來全不費工夫，這不正是接觸的好機會嗎？

「我也是好喜歡，公寓裡養了好幾隻呢。」寧秋雨笑咪咪的，她伸出手想要摸黑貓，可那隻貓卻彷彿遇到了某種可怕的事情，背上的毛頓時豎了起來，對著女孩撕心裂肺的尖叫。甚至還猛地用爪子在她的手上抓了一下，然後飛快的向後一竄，逃得無影無蹤。

三道血淋淋的傷口留在了女孩白皙的手背上，寧秋雨似乎沒感覺到痛，還傻愣愣的看著貓消失的方向。

「妳受傷了！」周燦關心道：「去醫院看看吧。」

「小傷而已，我被貓抓習慣了。」女孩客氣的搖搖頭。

「這可不行，得了狂犬病怎麼辦。」好不容易才有機會，周燦自然不放過。他堅持帶女孩去了附近的診所簡單包紮了一番，打了狂犬病疫苗。其後兩人很自然的互相留下聯絡方式。

晚上，周燦回到了公寓。他樂得嘴都咧開了。沒想到第一天工作就得到了決定性的進展。看來這件 Case，不難搞定。

事情的進展確實像是他想像的那樣順利，周燦跟寧秋雨的進展很快。女孩很純很乾淨，她黑黑的眸子望著他的時候，讓周燦總是會滋生出一股罪惡感。這樣的人居然是別人的情婦，實在是很難相信。

但是周燦卻不得不信。他手裡有厚厚的一疊關於寧秋雨資料。她出身很貧寒的家庭，家裡沒辦法支持她讀完大學。於是她決定自力更生，用肉體換取讀大學的機會。

委託人的丈夫很喜歡她，送了她很多東西。不過寧秋雨對錢並不看重，她需要錢，但是生活卻十分簡樸。

這樣一個矛盾集合，讓周燦有些痛心，也有些失落。女孩對自己裝出來的富二代身分並不感興趣，也從不用他的錢，看重的只是接觸的第一天他對小動物的喜愛。周燦很羞愧，他哪裡愛什麼小動物，討好她、利用她的喜好、最終的目的還不是為了得到那筆不菲的獎金。

有時候，周燦覺得自己真的很骯髒。寧秋雨的眼神純淨得恍如盛滿水的玻璃杯，折射過陽光，將他心裡的負罪感和骯髒無限的放大。交流接觸了一個禮拜後，他在女孩身旁時，居然恐懼的發現自己越來越難以想起自己的女友。

跟女友相比，似乎寧秋雨更吸引他。他的心漸漸地陷進去，周燦很無奈。明知道陷進去絕對不行，可女孩偏偏是個碩大的泥沼，讓他無處可逃。

不知不覺間，周燦就跟寧秋雨在一起十多天了。他們一起看電影、聽歌劇，吃飯，約會。寧秋雨常常會很開心的笑，她喜歡用頭枕著他的大腿，或者讓他枕著她軟軟的大腿。

交往第十三天，她約他去她家。

周燦明白，最重要的時刻終於來了。

# 第二章

沒錯，情感偵探都有個公司發的晴雨表。據說是資深心理研究師編撰的。如果目標人物請他去了自己家，那麼分歧點就出現了。所謂分歧點，便是成功機率高於失敗率。

周燦買了九十九朵玫瑰，敲響了寧秋雨的家門。女孩穿著圍裙，滿臉紅暈的開門，從他手裡接過花，用自己小巧的鼻子深深的聞了聞：「好香。」

他被女孩請進門，這個只有一個房間的公寓雖然小，但是整理得井井有條。由於是成屋，所以傢俱家電早已經配齊。寧秋雨的裝飾很有品味，簡樸的小飾品將房子裝扮得特別溫馨。周燦坐到沙發上，而女孩又去廚房忙碌了。他環顧了下四周。

三十一樓，不遠處的落地窗外閃爍著燈紅酒綠的霓虹燈，川流不息的車輛徐徐行駛著，像是螞蟻般爬行。客廳緊挨廚房的位置有用玻璃隔出的廁所，在黯淡的走廊燈照耀下，散發著迷幻的光芒。周燦心裡有些發緊，他突然意識到，從前的每個禮拜六和禮拜日，那個禿頂的小老頭都會用色瞇瞇的眼睛看著玻璃廁所內的一舉一動，不論寧秋雨在廁所裡洗漱、就廁，還是洗澡，都會被小老頭一覽無餘。

真是噁心。不知為何，周燦覺得很氣憤，彷彿自己的東西被別人搶走了似的噁心憤怒。

餐桌就在落地窗前，透過厚厚的雙層鋼化玻璃，可以看到腳下眾生深夜的忙碌。寧秋雨做了豐盛的飯菜，關了燈，點燃一根蠟燭。整間屋子都籠罩在曖昧的氣氛裡。

女孩邀請他坐到餐桌前，他們一邊吃飯一邊聊天。但是都各有心事。周燦糾結於寧秋雨和自己女友之間的問題，他感到自己越來越受眼前女孩的影響和依戀，於是充滿了對女友的負罪感。

他的視線不由得亂竄，突然，周燦看到女孩的背後那片白色的牆壁上，似乎有些什麼東西。不是影子，而是某種污跡或者斑點。他輕輕地揉了揉眼睛，斑點似乎清晰了些。那東西看起來恍如大片不小心潑上去的水，但周燦卻覺得，它更像是一個跪倒在地上，沒有頭的人。斑點猶如女孩的身軀，彷彿間，他越看越像寧秋雨。

是幻覺吧！

周燦移開注意力，精神集中了點，望向餐桌對面的女孩。寧秋雨不知何時沉默起來，她的臉上露出猶豫的表情，彷彿有話想說。周燦心裡明白得很。就連女孩的想法都一清二楚。應該給她打一針強心劑了。周燦如是想。

於是，他握住了她的手，用炙熱的語氣道：「秋雨，我喜歡妳。跟我交往吧！」

女孩猶豫了片刻，決然地說：「我想跟你坦白一件事。」

「什麼事？」周燦裝出意外的模樣。

「請你聽完後冷靜一點，如果還想要跟我交往的話，我就跟你交往，死心塌地的跟著你。」女孩沒有表情，只是緩緩的望向窗外：「我其實沒有你想的那麼乾淨，我其實很髒，很骯髒。」

其後，寧秋雨將自己當情婦的事情說了出來，語氣中有痛苦，但更多的是平淡。就似乎她說的不是自己，而是八竿子打不到一塊兒的別人一般。對於女孩的這段經歷，周燦十分瞭解。但是他完全沒有想到她會親口說出來。歷來感情偵探執行任務時，都會讓小三覺得傍上了鑽石王老五。目標人物總是一個裝得比一個純潔，哪裡會將那段罪惡的歷史說出來。可寧秋雨不但說了，還說得非常詳細。她一丁點都沒有為自己辯解，只有真誠和淡淡的無奈。

周燦心痛得厲害。他大吼一聲：「不要說了。」

公司發的晴雨表裡並沒有應對這種情況的標準答案。周燦覺得自己矛盾得讓人生厭。

「不過，遇到你後，我已經跟他挑明了。他不會再來找我！」寧秋雨喝了一口紅酒，眼睛望向他：「這樣的我，你還能接受嗎？你還想跟我交往嗎？」

周燦努力的理清自己的思緒，他想到了自己的身分，借著欺騙別人生存。自己也不是什麼好貨色。這只是一件Case而已！僅僅只是一件Case！雖然晴雨表裡沒有答案，但是自己的目的，不就是為了拆散委託人的丈夫和小三嗎？所以，還是應該按照公司流程做。

周燦心虛的抬起頭，他看著寧秋雨漆黑漂亮的眸子，輕聲道：「我不在意。」

「那，可是你說的哦。」寧秋雨沒有哭泣也沒有笑：「是你說要跟我交往的。我這個人最討厭被人欺騙了。我會全心全意的愛你，如果你不愛我了的話，請告訴我，我會毫無怨言的自己離開。所以，請別欺騙我！」

「嗯，我絕對絕對不會欺騙妳。」周燦點頭。這也是公司給的標準答案。

「拉鉤！」女孩伸出右手小指。等周燦也伸出指頭時，她卻以很快的速度狠狠一口咬住了他的小指頭。

「好痛！」周燦叫了一聲。一排整齊的牙齒印出現在了小指頭上，很深。

「這可是我寧秋雨的專用章，如果你欺騙了我的話。」女孩可愛的舔了舔嘴唇：「就算做鬼，我也會來找你喔。」

「嗯，我等著。」周燦笑嘻嘻的，不以為然。可是他卻絲毫不知道，今天女孩的這段話，卻成了他日後的惡夢。

紅酒喝了許多，周燦昏沉沉的。女孩藉口頭暈，毫不害羞的脫了衣服去洗澡。玻璃浴室中，水蒸氣和女孩完美的軀體在他的眼皮子底下一覽無餘。他感覺自己完全把持不住了，甚至將公司的規定拋到了腦後。

他心臟狂跳，慢慢的走到浴室前，推開門。寧秋雨嬌媚的看了他一眼，用赤裸的光滑軀體包裹住他。濕漉漉的身體不但打濕了周燦的人，也打濕了他的心。兩人擁吻，不久後，整個房間中只剩下了嬌喘聲……

等第二天一早，周燦從夢中醒來，看到懷中甜笑著的寧秋雨時，他的心沉到了谷底。完了，看來自己真的陷進去了。公司和女友那邊，該如何交代呢？

# 第三章

紙永遠都包不住火，再天衣無縫的事情都有東窗事發的一天。只是周燦沒有想到，那個時間來得那麼快。

在跟寧秋雨交往的十九天，他已經完全將公司的規章制度拋到了腦後。他住在寧秋雨的家，甚至想要跟女友攤牌。

那天，他跟寧秋雨在人行步道幽會，女孩跑去幫他買飲料。就在這時，要死不死的，他的女友不知從哪裡冒了出來。女友叫小瞳，漂亮知性，他一點都不能否定她對自己的愛。女友蹦跳著從後背撲到他身上，嘻嘻哈哈的笑得很開心。

「工作很忙嗎？」小瞳不顧大街上的喧譁和人來人往，將嘴湊到他耳畔邊問：「都十多天沒有回家了。怪想你的。」

「還要忙一陣子。」周燦作賊心虛的四處瞅了瞅。

「你在看什麼？」女友問。

「快下來，我正工作呢，怕被主管看到。」他答非所問。小瞳「嗯」了一聲，繞著他轉了幾圈：「你似乎有些心虛，不會是做了對不起我的事了吧？」

「怎麼可能！」周燦不由自主的抖了一下。

「也對，你這人有賊心沒賊膽。」女友點頭，覺得自己的自覺有些搞笑：「不打擾你工作了，我繼續跟姐妹逛街。記得打電話給我，過幾天就是你的生日，禮物本小姐都買好了。還有，快點回家。」

小瞳臉上保持著開懷的溫馨笑意，讓周燦心裡發慌。她輕輕吻了吻自己的男友，離開了。周燦鬆了口氣，但是整個人都難受得厲害。他十分迷茫，不知道該怎麼處理兩段感情。全世界每天都有許多人都在偷情，每個人看似都很愉悅，可他從沒想過，原來偷情是這麼難過的事情。

該結束哪段感情呢？他究竟該選擇小瞳還是寧秋雨？臨近做選擇的時刻，他居然依舊沒辦法決定。雖然他明白再這樣下去，只會令自己在錯誤的深淵越陷越深。但是到底哪一邊才是對，哪一邊又是錯呢？沒人有標準答案。

寧秋雨端著兩杯飲料回來，她甜甜的笑著，將其中的一杯遞給他。女孩似乎沒有看到剛才的一幕，這令周燦又鬆了口氣。

約會完，兩人回了家。他一直都在掙扎，腦海裡不斷地回憶著過往。有女友的，但更多的卻是關於寧秋雨的。他突然發現，這個剛接觸了十九天的女孩，竟然在心中佔據了大部分位置。

果然是該去找女友攤牌嗎？

三十一樓的公寓中，寧秋雨在廚房做飯。她的廚藝很不錯，特別是肉類，有一股外邊根本吃不到的特殊味道，很刺激味蕾和胃口。

寧秋雨擺好飯菜，一邊吃一邊看著他，就像他臉上有什麼東西引起了她的興趣。

「妳看我幹嘛？」周燦問。

可女孩卻問出了一句險些讓他癱軟的話：「今天街上跟你很親熱的女孩是誰？」周燦的筷子停在了空中，他沒想到寧秋雨還是看到了那一幕，而且還忍到現在才問出口。這份忍耐力，真是令人頭皮發麻。他思來想去，沉默了很久，終於覺得自己不該再騙這個單純的女孩。於是周燦頓了頓，決定全盤托出：「那是我女友，叫小瞳。」

寧秋雨垂下眼皮，沒有說話。

周燦心一橫，將自己的職業和追求她的前因後果都徐徐的說了出來。他一直都觀察著女孩的表情。可寧秋雨偏偏什麼感情波動都沒有，只是靜靜地聽他說完，就連眼睛都沒有眨一下。她的臉上，彷彿戴著面具。

「就這樣？」女孩問。

「誰沒有錯誤的過去。可是我已經決定……」周燦非常忐忑，他急忙追加解釋，想要表達從今以後跟她在一起的決心。

但是寧秋雨並沒有給他機會，只是說：「你要我跟你交往那天，我就說過，自己最恨被人騙。不論原因是什麼！」

她說完，就面無表情的起身走進了廚房。

周燦覺得四周的氣氛很壓抑，冰冷的空氣流淌在皮膚上，壓得他喘不過氣。隨著寧秋雨的離開，他有股很不舒服的錯覺。突然，房間裡的燈猛地熄滅了。落地窗外傳來的燈光將整個房間都染上了一層妖異。

「秋雨！」周燦衝廚房叫了幾聲，女孩沒有回答。他覺得應該讓她單獨冷靜一下，於是沒有再吭聲。安靜等待了一會兒，女孩依然沒有出來。周燦不知為何有種不對勁的感覺。

他摸索著尋找餐桌邊上的電燈開關，按下去後，燈並沒有亮起來。難道是保險跳開了？周燦掏出手機打開手電筒，向廚房走去。

狹小的廚房中並沒有寧秋雨的身影。他很意外，剛剛明明看到女孩走進來的，可現在居然找不到人。這間房子不大一目了然，除了廚房外，能夠藏的地方就只剩下小臥室了。可在臥室裡，周燦依然沒有找到寧秋雨。

難道她氣得出了門？但是並沒有聽到開門聲。而且，周燦能夠感覺到，女孩應該還留在屋子裡，因為有股視線若有若無的正窺視著自己。找遍了整個房間，寧秋雨完全不知所蹤。周燦有些手足無措，甚至感到詭異。明明一個大活人走進廚房，怎麼會消失得無影無蹤？

他走回客廳，站在中央發了一會兒呆，然後喊道：「秋雨，我知道錯了，妳別嚇我。出來吧！」

雖然不知道寧秋雨躲在哪裡，不過周燦可以肯定，她一定躲了起來。

「我知道妳需要冷靜，那我先走了。妳想通了再給我電話！」周燦覺得這樣下去也不是辦法，便有了離開的心。黑漆漆的公寓有股陰冷的風不知從哪裡竄來竄去，弄得他毛骨悚然。他走到大門前，用力扭動門把手。可無論如何，用多大的力氣，門都拉不開。鎖像是鎖死了，門也像被焊住了。

就在周燦焦急的時候，猛地，一股腐爛的酸臭味傳入了他的鼻孔。惡臭來得突然，毫無防備的他噁心到胃酸翻騰。他疑惑的捂住鼻子，循著那股味道找了過去。手機的燈光照射在餐桌上，等看清了桌上的東西，頓時，他大吐特吐起來。

餐桌上精美的食物已經變了模樣，一塊塊腐爛的蔬菜伴著不知道什麼肉，那些肉呈現深綠色，黏黏的，許多黏液還連在一起。紅酒杯裡的紅色液體也不像紅酒，而是散發著怪味的其他東西。

莫名想起寧秋雨第一次遇到他時說過的話，她說自己喜歡貓，公寓裡也養著好幾隻。可是同居了那麼多天，周燦從沒有見過她公寓裡有貓。看著餐桌上的肉，周燦突然意識到那些貓去了哪裡！

他一邊狂吐一邊向後使勁兒退，不知不覺就退到了牆邊上。臭味更加濃烈了，無數難聞的氣味像是凝固了般，從右側傳了過來。那裡只有一架冰箱。周燦下意識的將冰箱門拉開，他的臉瞬間變得煞白，腦袋也如同電擊似的沒有了意識。

只見冰箱裡，凍著一具沒有頭的女孩屍體。女孩穿著熟悉的家居裙，皮膚因為冷凍而泛出異樣的光澤。隨著冰箱門的敞開，一張學生證飄了出來。

上邊赫然是熟悉的女孩熟悉的淡笑，那麼的恬靜和美麗。學生證上寫著令他顫悚的名字——寧秋雨。

# 第四章

任務被取消了，不是因為寧秋雨的屍體被發現。而是因為委託人的丈夫被發現死在位於上海的別墅裡。具體怎麼死的，警方沒有公佈。但是死亡時間令周燦感覺有些恐怖。

正是八天前，也是寧秋雨第一次邀請他去公寓，向他攤牌、說包養自己的人不會再來找自己的那天。廢話，一個死掉的人，怎麼會再來找她！

寧秋雨的驗屍結果同樣令人恐慌，居然是一個多月前。周燦想不明白，自己交往了接近二十天的女孩究竟是誰。畢竟寧秋雨在一個多月前就被塞進了冰箱中。那，跟他戀愛、接吻、跟他說話、做愛的女孩，究竟又會是誰？鬼嗎？

一想到這裡，周燦便感到頭皮發麻。公司裡對於這件事也風傳得很厲害，都認為他跟死去的狗熊遇到了鬼。甚至說狗熊就是寧秋雨的鬼魂殺害的。

殺害寧秋雨的兇手很快就找到了，包養他的富商沒有嫌疑。世事有些可笑，女孩是在富商深夜走後，被入室盜竊的小偷看到了她裸體熟睡的美麗模樣，於是起了淫邪的心。將寧秋雨先姦後殺，最後塞進了冰箱。

富商因為察覺到了妻子的懷疑而沒有再回過寧秋雨的公寓，他到外地出差。他的妻子委託了情感危機公司調查第三者。一連串的事件，導致寧秋雨的屍體直到現在才被周燦發現。

那麼，寧秋雨死掉的一個多月，是誰扮演了她的角色。正常的晨跑、正常的上學、正常的購物戀愛呢？或許沒有人會知道了。警方也迷惑不解，準備抓了小偷後就結案。只是那個被通緝的小偷很快便有了消息。他在一個月前就已經慘死在了家裡，死前的表情驚恐無比，難以用筆墨形容。

至今，寧秋雨的頭還沒有找到。隨著小偷的死，看來永遠沒有找到的希望了。

事情似乎告了一個段落，該懲罰的人懲罰了，該死的人死了。周燦再也不敢幹情感偵探這行，拿了薪水和獎金後連忙辭職。

但是事情，對他而言，遠遠沒有結束。甚至可以說，才剛剛開始而已。因為在他身旁，逐漸發生了許多怪事。

首先是他的右手小指頭，那個被寧秋雨咬過的地方，本來已經消失不見的牙齒印在某一天醒來後，突然又浮現了出來。他嚇了一跳，用OK繃黏住藏起來。可心中老是覺得不舒服，若有若無的感到小手指痛得厲害。第二天扯掉OK繃後，他的心恐懼到發冷。

右手小指，居然腐爛了。一股股噁心的惡臭味從腐爛的地方傳播開……

怪事，遠遠不只這一點！更可怕的是，他每晚都睡不踏實。他總是作夢，夢到寧秋雨掐住自己的脖子，又或者咬住自己的手指頭，用腐爛的臉看著他。用指甲刮著玻璃的聲音問他，為什麼要欺騙她。

周燦害怕夜晚，害怕夜幕降臨。一到晚上他就會神經衰弱，驚恐無比。他的反常被女友小瞳發現了，追問了幾天，他才猶豫著將事情的前因後果全盤托出。

女友狠狠地搧了他幾耳光，將他踢出了房門。

周燦悔不當初，在家門口跪了整整一夜。女友也是一晚都沒睡著，她恨他，卻又有些無可奈何。

男人通常都是混蛋，而女人，明知道眼前的男人是混蛋，卻總是會陷入無可奈何、難以割捨。愛情不會一朝一夕產生，也不會在一夕一朝結束。雖然她對周燦很失望，但周燦畢竟是自己的未婚夫。小瞳思來想去，拉開了門：「知道錯了？」

「嗯。」周燦像隻沒人要的落水狗，可憐巴巴的一邊跪在地上，一邊抬頭望著女友。

小瞳嘆了口氣：「這麼說來，你一直在跟女鬼交往？」

真是頭痛啊，自己的男友出軌了，交往的對象是女鬼。那麼，是算他生理出軌呢？還是心理出軌呢？

「我，我也不知道。那件Case總覺得透著邪氣。」周燦臉上露出驚恐。

「讓我看看你的手。」女友拉過他的手，揭開OK繃。一股腐爛臭味立刻傳過來，周燦小指頭上的肉嚴重腐爛，有些地方已經能看到骨頭了。

「痛嗎？」她有些心痛。

「剛開始會痛，現在麻木了。」周燦撓撓頭，實在沒膽量看自己的傷口。

「那個女鬼說如果你騙了她的話，做鬼都不會放過你。說不定她已經找上你了！」

小瞳冷靜的想了想。

「我也覺得她就在附近。一到晚上我就感覺有股惡毒的視線在窺視我，弄得我神經緊張，氣都喘不過來。」他心虛的朝四周望了望。

「走吧，我們出去。」小瞳將OK繃貼回去，拉著男友就朝外走。女人通常比男人更有韌性，雖然恐怖電影裡尖叫腿發軟的總是女人，但一旦發生了真正可怕的事情，女人會更容易接受現實。

「去哪？」

「既然你覺得她是鬼，那麼就想一些其他方法，擺脫她！有鬼，就有驅鬼的人。我們去附近的寺廟和道觀找找。」

小瞳帶著周燦去了周邊十多間道觀和寺廟，驅邪的儀式弄了許多次。還買了一大堆據說開過光的菩薩、鎮鬼的紙符等等看起來就很有威懾力的東西。

回到家後，太陽已經逐漸下山了。女友讓周燦在客廳坐著，拿出紙符把整個公寓不論房間門、牆壁還是窗戶，都密密麻麻的貼了一圈。拍拍手，滿意的看著泛黃的紙符像是爬滿的蜘蛛網般將所有空間充斥得水泄不通，這才休息了一下。

周燦的視線裡全是紙符，這些紙符上統統都有玄妙至極的古怪文字，這令他的心稍微安了一點。

「小瞳，謝謝妳。」他感激的對女友說。

女友冷哼了一聲：「別以為我原諒你了。」

「我知道我錯了。我以後會加倍的補償妳的，永遠只愛妳一個人！」周燦發誓道。

女友不置可否，也沒有說話，只是嘆氣。她突然覺得自己交往了許多年的男友變得很陌生，甚至不清楚，他什麼時候在說真話，什麼時候是撒謊。

「重新找份工作吧。」小瞳感到有些興趣索然，丟了一本求職資訊給他，轉身進了臥室。

周燦知道今天依然只有睡沙發的命，他翻開求職資訊，也覺得自己該找份穩定的工作了。時間一點一滴的流逝，對面牆壁上的時鐘發出乾巴巴的節律噪音。深夜來臨，這種本應該細微的噪音顯得特別刺耳。

突然，不知哪個地方傳來一陣怪風。四面八方的鎮鬼紙符全都被吹得揚了起來。周燦猛地感覺手中的求職資訊似乎變重了，而且有越來越重的趨勢。

他低頭一看，頓時嚇得膽都快破了。

# 第五章

只見求職資訊上無數的黑色文字像是陷入了空間漩渦，最後組成了一張人臉。那是寧秋雨的臉，它用翻白的眼睛死死盯著周燦。他大叫一聲，恐慌得將手裡的求職資訊扔到了地上。厚厚的求職資訊正面朝地，頁面翻動著，沒幾秒便停了下來。

停下的那頁靜靜懸停在正中央，彷彿被某種看不見的力量拉扯著，筆直豎立在空中。寧秋雨的鬼魂穿著白色的家居裝，掙扎著想要從書頁裡爬出來。周燦大喊大叫，只覺得自己是死定了。他無所適從，什麼都不敢做。

聽到男友尖叫的小瞳從房間裡衝出來，她看不到書頁裡擠出的影子。只看到周燦眼睛直愣愣的看著躺在地上的求職資訊，發出刺耳的尖叫聲，不由得眉頭皺了皺。女孩果斷的將求職資訊撿起來，扔到廚房的瓦斯爐上，擰開開關。求職資訊頓時燃燒起來。

周燦軟塌塌的跪倒在地上，抱著走過來的女友的大腿，大口大口的喘息。一種劫後餘生的感覺油然而生。

「真沒用，一本冊子就能把你嚇成這樣。」小瞳揉了揉太陽穴，環顧了滿屋子的鬼畫符和菩薩像：「看來這些買來的東西根本就沒用。」

「寧秋雨肯定是想拖我下去陪她。」周燦怕得整個人都縮在沙發上。

看男友這副沒用的模樣，小瞳很氣憤，「今晚別睡了，在網路上找找出名的通靈人或者驅鬼者，求他們想辦法。」

難熬的夜晚好不容易才流逝殆盡。頂著碩大的黑眼圈，小瞳帶著周燦去了幾戶人家。他們都是網上吹得很厲害的通靈人士。用盡了兩人的存款，通靈者幫周燦做了幾場法事，每一個都信誓旦旦的說，鬼已經被驅除了，絕對沒問題。

可是一到夜晚，寧秋雨的鬼魂就會以各種匪夷所思的方法鑽到周燦的身旁，想要殺了他。周燦不敢睡覺，他一到晚上就喝咖啡，他疲倦不堪，生不如死。看著鏡子裡被逼到瘦骨如柴的男友，小瞳也快要絕望了。

他們花光了所有錢，只要見到廟宇就燒香拜佛，聽到有驅鬼者就去求助。房間裡擺滿了各式各樣的驅鬼符咒和物品。但是足足過了大半個月，一點效果都沒有。小瞳看不到寧秋雨，如果不是經常在周燦身旁看到難以解釋的超自然現象，她幾乎都會認為自己的男友心理出現了問題。

無盡的折磨不斷地延續著，周燦覺得自己根本就逃不掉。就連小瞳都已經接近崩潰。就在這時，小瞳從同事的嘴裡聽到了一個人。

「去問問夜不語吧，他是個作家。這個人有些神奇，對古古怪怪的東西很有研究。或許他能幫妳！」同事給了她一本叫做《夜不語詭秘檔案》的書和一個電子郵件地址。

小瞳用公司的電腦寫信給那個叫夜不語的傢伙，心裡卻不抱任何希望。她甚至不知道何去何從，多年的感情無法捨棄。以她的性格，也絕對做不到在周燦最困難的時候離開他。但是，該想的辦法都想過了，可那個叫寧秋雨的女鬼依然陰魂不散！

晚上回家，周燦仍舊緊縮在沙發上，渾身都恐懼得發抖。有時候小瞳猜測著，自己的男友是不是早就已經精神崩潰，變成了神經病。

做了晚餐，將其中的一份遞給男友。她習慣性打開電腦，有新郵件的提示音立刻傳了出來。小瞳點開，剛一看來信人，立刻驚訝的坐直了身體。來信者居然就是那個叫做夜不語的作家，他的信很短。

「小瞳，妳好。首先幫我問候妳家的混蛋男友，他是我遇到過的最窩囊最混蛋的雄性，沒有之一。其次，我要表明自己的觀點，這個世界是沒有鬼神存在的。妳的男友之所以被鬼纏，要麼是因為罪惡感產生了幻覺。要麼別有緣由。

鑑於妳信中對男友的描述，我判斷，他會產生罪惡感的可能性趨近於零。所以，問題肯定出在他忽略掉的地方。既然根源來自那個叫寧秋雨的女孩，那麼就應該徹查她的一切，去她生活過的地方，去她的老家看看。這個世界上能產生超自然能力的因素很多，或許在她的生活範圍裡，能夠找到答案！再不行，就將她的屍體從殯儀館裡偷出來，燒掉。」

小瞳看完信，突然覺得自己明白了很多東西。確實，自己一直以來都覺得是寧秋雨的鬼魂作祟而去尋求超自然方面的幫助。可是她卻將寧秋雨本身忽略了。問題出在她身上，那麼答案自然應該在她身上去挖掘。思考的盲點，真的會害死人。

將想法跟周燦說了說，他也深以為然，就連臉色似乎都好了些。

「我一直都在逃避，去那女人的家看看也好。說不定真能找到救命的線索！」周燦充滿死氣的眼睛爆出了求生的欲望。

第二天一早，他們坐火車去了寧秋雨的家鄉。她家很偏僻，在城市最骯髒最破舊的地方。髒兮兮的家只有十幾平方公尺（四、五坪），她的父親癱瘓在床，母親正坐在房間的一角打零工賺辛苦錢。雖然周燦知道寧秋雨家境不好，卻從沒想到居然會如此差。從寧秋雨美麗的臉上，從來看不到貧窮的模樣，只有恬靜和散發著溫暖的微笑。

小瞳和周燦藉口是寧秋雨的好友，在這個狹小的家中搜索了一番。寧秋雨沒有自己的房間，她從生下來就住在房子右側的角落裡。那兒只有一張床以及一個小櫃子。床邊的牆上貼滿了女孩從小到大獲得的獎狀和證書。東西很少、一目了然，兩人依舊一無所獲。

失望的準備離開，或許是不願意睹物思人，臨走時寧秋雨的母親將女孩臨死時隨身的遺物送給了他們。周燦拿在手裡感慨萬千，寧秋雨的遺物也不多。都是些雜七雜八的小玩意兒，最顯眼的應該就只有一根用紅色的繩子串起來的一塊泛著異樣光彩的古玉。

他突然想起，似乎自己記憶裡的寧秋雨，總是戴著這塊古玉，就連洗澡都不離身。見周燦看那只古玉看得發呆，寧秋雨的母親解釋道：「這東西是她小時候花了十多塊從附近工地的工人手裡買來的，不值錢。那天工人挖工地時挖到了一座古墓，這古玉就是隨葬品中的一件。」

周燦和小瞳離開了那個貧窮到讓人心酸的家。寧秋雨的屍體至今都還擺在警方的停屍間裡沒有錢送去殯儀館。再也沒有其他辦法的他們東借西湊了一筆錢，將女孩的屍體送去了火葬場。

看著火化爐裡熊熊燃燒的屍體，耳畔傳來寧秋雨父母撕心裂肺的哭喊聲。周燦看了看手中的遺物。他嘆了口氣，鬼使神差的將古玉從袋子裡拿出來，揣進口袋中。然後手一揚，剩下的遺物劃成一道拋物線，掉入焚化爐裡，焚燒殆盡。

從那天起，周燦突然恢復了精神。寧秋雨的鬼魂，似乎再也沒有出現過，或許沒有燒毀的寧秋雨屍身，真的就是怨氣的來源吧。

有時候，周燦和小瞳都會如此想。

事情到現在，總算是全部結束了。但，結局，真的能如此莫名其妙嗎？

# 尾聲

一年後，周燦和小瞳結婚了。被灌得醉醺醺的新郎走進裝潢得十分喜氣的房間，他摸著妻子的身體。小瞳沒有任何反應。

他笑嘻嘻的抱了過去，突然，有什麼東西從妻子的頭部位置動了動，然後滾到了床下。那東西約皮球大小，毛茸茸的，連著許多毛髮一般的絲線。

昏暗的燈光下，紅色的光芒將房間中的一切染得血紅。周燦猛地感到溫馨的氣氛不知何時消失得無影無蹤。懷中的妻子依舊沒有動彈，而且她的身體冰冷得厲害。

他低頭一看，頓時嚇得屁滾尿流的跳下床。小瞳，已經死了。她屍體的頭部位置光禿禿的，沒有了頭。周燦整個人都如驚弓之鳥般不知所措，對於妻子的突然死亡，他根本來不及傷心。

他只是感到很害怕，怕得要命。

就在這時，不久前掉落到地上的東西緩緩滾到了他的腳旁。周燦下意識的望去，只看了一眼，心臟就超負荷般，再也無法動彈。

那赫然是一顆頭。頭顱上有熟悉的妖異笑容和冷漠的眼神。那，正是一直沒有找到的寧秋雨的頭！

周燦死了，沒有了頭。整個房間中，只剩下古玉，在他沒有腦袋的脖子上，散發出陰冷的淡淡光芒。

# 後記

最近中國南方有雨，雨不大，但是卻很冰冷。天氣如同坐上了雲霄飛車，溫度似乎也沒有底線的耍起了無賴。有時候，我真的不知道在這凍入骨髓的氣候中，到底該穿什麼衣服。

我是個低碳主義者，素食吃得越來越多，肉食吃得越來越少。同樣，我是個科技愛好者，無論哪種高科技的產品，只要量產了，都會第一時間買來用用。

這兩年感覺科技爆發的速度越來越快，快得我感覺小而美離自己越來越遠了。科技的進步來自於許多方面，因為這一整年都在做《夜不語》系列的電影，所以對影視圈出現的科技大爆炸特別有感觸。

好啦，這也不是今年自己產量很低的藉口啦。雖然我也知道，今年自己的書出得真的滿少的。瀑布汗！

成都的雨，彷佛秋天，就凍成了冰。落在地上，滴在皮膚上，都會給人一種被守護女李夢月的白眼擊中的錯覺。

去年《夜不語》系列的繁體版換了春天出版社，現在也逐漸走上了正軌。新的出版社開始再版新的重製版的事情，也從正軌進入了實施階段。

這是一個系列重生的必要過程，有條件的話，還是請支持一下。謝謝。雖然我自己都已經記不清，是第幾次為第一部的重製版寫序了。

十多年的光影在寫《夜不語》系列中耗盡。前幾天，自己看著自己的鐵粉從初中讀到高中、從大學畢業、最後結婚生子，抱著自己的孩子與歷年來買過的我的書合影，給我發了一封電子郵件，我才恍然發現，自己已經變成大叔了。

我這個大叔，已經不像從前那樣水靈水靈，就連女兒餃子，都快要讀幼稚園大班了……

時間，過得比想像中更快。

《夜不語詭秘檔案》系列的發展，也比我想像的更好。

這一切，都是因為大家的支持。

只有大家的支持，《夜不語》系列，才能支撐我走下去。只有大家的支持，我才有努力寫作的動力。

這是我要謝謝每一位讀者的心裡話。

《夜不語詭秘檔案 101：碟仙》重製版，新的出版社，新的篇章。讓我們把這個人生系列，重新開始。

夜不語

夜不語作品 12

夜不語詭秘檔案 101：碟仙

國家圖書館出版品預行編目資料

夜不語詭秘檔案101：碟仙 ／夜不語 著.
一 初版. 一 臺北市：春天出版國際， 2016.11
面； 公分. 一（夜不語作品；12）
ISBN 978-986-5607-46-3（平裝）
857.7 105010008


ISBN 978-986-5607-46-3
Printed in Taiwan

| | |
|---|---|
| 作者 | 夜不語 |
| 封面繪圖 | Kanariya |
| 總編輯 | 莊宜勳 |
| 主編 | 鍾靈 |
| 美術設計 | 三石設計 |
| 出版者 | 春天出版國際文化有限公司 |
| 地址 | 台北市大安區忠孝東路四段303號4樓之1 |
| 電話 | 02-7733-4070 |
| 傳真 | 02-7733-4069 |
| E-mail | story@bookspring.com.tw |
| 網址 | http://www.bookspring.com.tw |
| 部落格 | http://blog.pixnet.net/bookspring |
| 郵政帳號 | 19705538 |
| 戶名 | 春天出版國際文化有限公司 |
| 法律顧問 | 蕭顯忠律師事務所 |
| 出版日期 | 二〇一六年十一月初版<br>二〇二〇年七月初版十二刷 |
| 定價 | 170元 |
| 總經銷 | 楨德圖書事業有限公司 |
| 地址 | 新北市新店區中興路二段196號8樓 |
| 電話 | 02-8919-3186 |
| 傳真 | 02-8914-5524 |

偵不語
詭秘檔案

夜不語
詭秘檔案

夜不語

詭秘檔案

夜不語
詭秘檔案